DRAGONS

ドラゴンの教科書
神話と伝説と物語

ダグラス・ナイルズ
Douglas Niles

高尾菜つこ 訳

The Myths, Legends, & Lore

原書房

目次 CONTENTS

6 序文　マーガレット・ワイス

8 序章

PART 1
普遍的なシンボル
12 第1章　起源とインスピレーション
18 第2章　創造性の広がり

PART 2
各地の文化に伝わるドラゴン神話
29 第3章　古代のドラゴン
61 第4章　東アジアのドラゴン
89 第5章　インドおよび南アジアのドラゴン
115 第6章　ヨーロッパのドラゴン
159 第7章　そのほかの文化のドラゴン

PART 3
ポップカルチャーのなかのドラゴン
173 第8章　小説のなかのドラゴン
185 第9章　映画のなかのドラゴン
201 第10章　ゲームのなかのドラゴン

227 索引

FOREWORD

序文
悪夢と幻想のイメージ

　1984年、「ドラゴンランス」シリーズの第1巻となる『ドラゴンランス戦記1　廃都の黒竜』と『ドラゴンランス戦記2　城砦の赤竜』（原題はDragons of Autumn Twilight）を発表して以来、私は約30年にわたってドラゴンの本を書いてきた。執筆をとおして、ドラゴンと語り合い、信頼し合い、協力し合い、ときにはいっしょに空を飛ぶことさえあった。
　本書を読めばわかるが、ドラゴンは普遍的な存在だ。彼らは世界中のあらゆる文化に、さまざまな形で伝わっている。何世紀も昔から人々を惹きつけてきたドラゴン、彼らはこれからも私たちを魅了し続けるだろう。とくに画家や小説家、脚本家、映画監督、アニメーター、そしてドラゴンを夢見て、その夢に命を吹き込もうとする特殊効果の専門家たちを。
　私にとってドラゴンは、どんな世界に棲もうとも、つねに美しく荘厳な生き物である。彼らはじつに聡明で力強く、ときには危険でもある。ドラゴンに比べれば、人間などちっぽけな存在にすぎず、彼らが鉤爪をひと掻き、あるいは火の息をひと吹きするだけで死んでしまう。にもかかわらず、私たちはなぜこんなにもドラゴンに惹かれるのだろう。彼らが洞窟に潜む邪悪な怪物であれ、人間を背中に乗せて飛ぶ友好的な生き物であれ、ドラゴンは私たちの心を惹きつけて離さない。

序　文

　ひょっとしたら、ドラゴンのほうが逆に人間に惹かれているのかもしれない。悠久の時を生きてきた彼らにとって、短い生涯を慌ただしく生きる人間には、どこか魅力があるのだろうか。あるいは、ドラゴンには何か特別な目的があるのかもしれない。その目的を果たすため、彼らはよく人間を利用しようとするが、その過程で、両者のあいだに絆が生まれることもある。ただし、その絆はいつも儚い。

　人間との絆がどんなに深くとも、ドラゴンはつねに超然として謎めいている。そんな彼らの姿に、私たちは畏敬の念を、そしてつねにわずかな恐怖を、抱かずにはいられない。

──マーガレット・ワイス

INTRODUCTION

序　章

聖ジョージ、
彼はイングランドの味方
だからドラゴンを退治するまえに
イングランドのエールを一杯
大きな酒瓶から飲んだ。
　　　——G・K・チェスタトン「イングランド人」

　ドラゴンにまつわる伝説やイメージは、物語を話して聞かせるストーリーテリングにはなくてはならない要素のひとつである。ドラゴンは神や悪魔、怪物、あるいは意外に思いやりのある生き物などとして、あらゆる役割をあらゆる姿形でイメージされてきた。ひと口にドラゴンといっても、鱗に覆われた蛇のようなものもいれば、羽毛に覆われたもの、革のように硬い皮膚に覆われたものもいる。また、翼をもつドラゴンもいれば、もたないドラゴンもいる——ただし、ほぼすべてのドラゴンが空を飛べる。あるいは頭や胴など、人間の体の一部をもつドラゴンもいれば、鳥やライオン、虎、猿の足や尾、嘴（くちばし）、鉤爪（かぎつめ）などを合わせもつドラゴン、さらには自然界の珍獣を寄せ集めたようなドラゴンもいる。

　つねに謎めいているドラゴン。彼らがそんなふうに神秘的なのは、いつも超然としていて、人間の理解を超えた存在だからだろう。ドラゴンは魔法の生き物であり、ドラゴンにまつわる物語を読むと、魔術が信じられていた太古の時代が思い起こされる。当時の人々にとって、この巨大な毒蛇の存在こそ、魔法が存在するという確たる証拠にほかならなかった。実際、古代の神話や伝説では、魔法の衰退がしばしばドラゴンの絶滅と結びついている。

一方、ドラゴン——やドラゴンの物語——には、「適応性」もあるようだ。その好例が、キリスト教の聖人伝説のなかにある。小アジアの戦士だった聖ゲオルギオスは、悪竜から王女を救い、その英雄的行為によって、リビアのある町の住民全員をキリスト教に改宗させたという。ところが、べつのキリスト教国の物語では、聖ゲオルギオス（聖ジョージ）の生まれが、その国の事情に合わせて変更されている。G・K・チェスタトンの風変わりな詩「イングランド人」では、この英雄が、エール好きの立派なアングロ＝サクソン人になっているのである！
　本書の目的は、こうしたさまざまなドラゴン物語を一堂に集めることだ。そうすることで、私たちは北欧神話の恐ろしい大蛇と、東アジアの思慮深い竜とを想像のなかで結びつけることができる。また、半神半人の姿をした南アジアの蛇神ナーガと、ギリシア神話に出てくる蛇の怪物、さらには古代メソアメリカ文明で崇められた羽毛の生えた蛇を、いっしょに並べてイメージすることができる。
　しかし、ドラゴンは神話のなかだけの生き物ではない。J・R・R・トールキンの壮大なファンタジー小説『ホビットの冒険』に登場するスマウグなど、私たちは文学作品からもドラゴンを知っている。アン・マキャフリイのSF小説「パーンの竜騎士」シリーズに出てくるドラゴンは、遺伝子操作によって改造された空飛ぶ蛇で、これは魔法ではなく、人間によってつくり出された生き物である。また、ドラゴンは映画にも登場し、最新の特撮技術によって、ますますリアルに表現されている。一方、まさにドラゴンが主役といっても過言でないのは、冒険ゲームの世界だろう。卓上ゲームであれテレビゲームであれ、ドラゴンはロールプレイング・ゲーム（RPG）では究極の敵にもなり、味方にもなる。ファンタジーRPGの元祖が、『ダンジョンズ＆ドラゴンズ』という名前であることは、けっして偶然ではないのだ！
　ドラゴンをフィクションに出てくる興味深いキャラクターとして見るにせよ、古代神話の深遠な存在として見るにせよ、本書を読めば、何かしら心惹かれるストーリーや有益な情報が見つかるはずだ。さあ、準備はいいだろうか。ドラゴンに出会う旅に出かけよう。鋭い剣を携え、槍を構え、自分と同じくらい勇敢な馬を駆って……

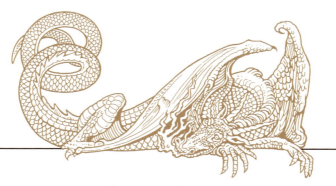

こども　ねえばあや　ねえばあや
　　　　竜はみんないなくなったんだよね
　　　　鬼もみんな死んでしまったんだよね

乳母　　安心して　おやすみなさいな
　　　　竜も鬼もみんな死んでしまいましたからね

こども　ねえ大天使ミカエルが竜と戦ったとき
　　　　竜ってつかまえられたの？
　　　　そのとき飛びあがった？　ほえた？
　　　　ああ、ばあや、ドアをしめないで
　　　　それから竜は牙をむいたりした？
　　　　ああ、ばあや、明かりを消さないで

乳母　　静かにお眠りなさいな　いいですか？
　　　　聖者さまも竜たちも、
　　　　みんな死んでしまったんですからね

父親（ひとりごと）　わが子よ　ばあやは　うそをついている
　　　　いつかお前は竜と出会い
　　　　そして竜と戦うだろう
　　　　神さま　どうか　その日
　　　　わが子が竜を倒せますように
　　　　もしも竜を倒すことができたなら
　　　　神さまは新たな聖者を
　　　　探さなくてもよいのですから

　　　　　　──H・D・C・ペプラー「ドラゴンの詩」（岡田淳訳）より

Part 1
普遍的な
シンボル

A Universal Symbol

第 1 章
起源とインスピレーション

ドラゴンの概念は、人間自身のもつ弱さや、この世のさまざまな脅威に深く根づいている。ほとんどの文化の神話や動物寓話に、人間の力をはるかに超えた強さや能力、知恵や記憶をもった強大な生き物が、何らかの形で登場する。人間が自然界を支配するようになるなかで、私たちは人類を滅ぼしかねない生き物や勢力と対決し、最終的にこれを征服してきた。そうした潜在的な敵の多くが、ドラゴン神話として具現化されている。

非動物界の勢力

　原始の時代から、自然界の暴力は、人類にとってほとんど説明のつかない脅威となってきた。ドラゴンはこうした脅威の象徴であり、自然界のもつ特徴の多くをドラゴンという形に組み込むことによって、私たちの祖先は自然の脅威をよりわかりやすいもの——とはいえ、恐ろしいもの——にしようとしたのかもしれない。
　たとえば「火」は、神話や民話に出てくる破壊的なドラゴンの多くに特徴的な要素だ。口から火を噴くというのは自然に反する能力であり、ドラ

第 1 章　起源とインスピレーション

ゴンが炎の息を吐くという考え方は、人間の心の底にある原始的な恐怖に触れるものである。火山の噴火であれ、森林火災であれ、自然界の火にさらされるという体験は、古代の人々にとって命にかかわる脅威であり、それを邪悪な蛇のせいにすることは容易だった。

　火と密接に関係する「光」の発生も、それが地面を打ちつける激しい稲妻であれ、遠くの空で明滅する星の輝きであれ、古代の人間にとっては、明らかに想像を超えた力を示していた。そんな人々にとって、恐ろしい怪物をつくり出し、こうした不可解な爆発現象を彼らのせいにすることは、やはり容易だった。

　火や光と同じく、荒れ狂う「風」もまた、しばしば巨大な怪物の仕業と考えられた。ドラゴンがその大きな翼をはためかせたからとか、強烈な息を吹きつけたからとか、それは先史時代の人々にとって、理解しがたい自然の力の源を説明するものだった。

　一方、「水」については、今日では怪物のせいにするような脅威ではないかもしれないが、古代のドラゴン伝説の多くでは、竜は水を司る存在とされていた。こうした物語のなかには、水は生命のもとであり、自然の慈悲深い贈り物であると考えて、ドラゴンを人間にとって友好的で有益な生き物として描いているものもある。とはいえ、「肥沃な三日月地帯」やヨーロッパの神話ほどドラゴンを敵視していない古代中国の伝説でも、大洪水が竜の仕業として描かれている。

PART 1　　　　　　　　　　　　　　普遍的なシンボル

動物寓話のインスピレーション

　驚くことではないが、ドラゴンの神話には、1000年にわたって人間を追い回し、殺し、貪り食ってきた捕食動物の恐ろしい特徴が組み込まれている。物語の語り手たちは、こうした特徴をうまく利用して、全能のドラゴンの恐るべき力を表現してきた。

蛇

　蛇は、おそらく神話に登場する巨大なドラゴンにもっともよく結びつけられる動物だろう。ドラゴンの体は、たいてい皮膚が鱗に覆われ、くねくねとうねったり、とぐろを巻いたりする蛇のような姿で描かれる。人類が誕生して以来、蛇は人間にとってずっと恐怖の源だったのであり、今でも蛇を理不尽なほど怖がる人は少なくない。卵を産み、しばしば地中の巣穴に棲んでいるという特徴も、蛇とドラゴンの結びつきを示唆している。
　また、蛇には毒をもつものもおり、その毒牙は──有毒な血や肉とともに──古代のドラゴンの特徴として描かれてきた。さらに、巨大なサイズに成長し、獲物を絞め殺すような大蛇もまた、人間を脅かす存在として認識されてきた。つまり、人類が古くから蛇を恐れてきたことには、もっともな理由があるわけで、こうした恐怖が歪められ、ドラゴン伝説の基盤とされてきたのである。

第 1 章　　　　　　　　　　　　　起源とインスピレーション

トカゲ

　蛇の近縁種であるトカゲも、その一連の特徴がドラゴンとの結びつきを思わせる。ほとんどのドラゴンは、鉤爪の生えた足をもつとされ、これは明らかに蛇というよりトカゲをイメージさせる。東洋の竜のなかには、ムカデのように複数の足をもつものがいる一方、北欧のワイヴァーンのイメージは、基本的に2本足のドラゴンである。また、クロコダイルをはじめとするワニも、古くから人食い動物とされ、一部では今もそうだ。ナイルワニが多く生息し、広く恐れられていたエジプトでは、このワニが、エジプトの多様な神々を解釈するうえでの土台となった。

コモドドラゴン

インドネシア原産のこの大トカゲは、ときに**体長3メートル以上**、**体重約70キロ**にまで成長し、ドラゴン伝説にインスピレーションを与えるだけの大きさであることは明らかだ。さらに**歯の長さは最大約2.5センチ**にまでなり、**全身が赤茶色の鱗で覆われている**。獲物に襲いかかり、喉を引き裂こうとするコモドドラゴンは、まさに恐るべき捕食動物である。

海の捕食動物

ドラゴン神話の多くには、水中に棲む、あるいは水中でも生き延びられる怪物が登場する。こうした怪物たちが、クジラのような海洋哺乳類のほか、サメやオニカマス、オオウナギといった獰猛な魚からインスピレーションを得たのは明らかだ。たしかに、サメは古くから危険で恐ろしい魚と考えられてきたが、クジラのあの巨体が怪物をイメージさせたのも当然だろう。

鳥類

どんなに大きな鳥でも、大人の人間が身の危険を感じるようなことはほとんどないが、こうした鳥類もまた、飛行という神秘的なまでの能力をもつことで、古くから尊ばれてきた。長い年月にわたって、人間は空を飛ぶ鳥たちを観察してきた。地上に縛られた私たちの祖先は、鳥のように自由に空を飛べたらと願ったはずだ。また、タカやワシ、コンドルのもつ武器——鋭い鉤爪、肉を引き裂く嘴、何キロも遠くまで聞こえる甲高い鳴き声——は、恐ろしいドラゴンにまつわる物語をつくり出そうとしていた古代の神話作者や語り部たちに、インスピレーションを与えたに違いない。

第 1 章 　　　　　　　　　　　　　　　起源とインスピレーション

　おとぎ話は、子供にお化けの最初の観念を与えるもので
はない。おとぎ話が子供に与えるのは、お化けはやっつ
けられるという最初のはっきりした観念である。赤ん坊
は、想像力を持つようになった時から、龍のことはよく
知っている。おとぎ話が教えてくれるのは、龍を退治する
聖ジョージである。

　　　　　　　——G・K・チェスタトン「赤い天使」（別宮貞徳・安西徹雄訳）より

PART 1　　　　　　　　　　　普遍的なシンボル

第 2 章
創造性の広がり

計り知れない力をもつドラゴンは、しばしば想像を絶するほどの長い年月を生き、必滅の運命にある人間や動物よりも、むしろ神に近い存在とされる。私たちがドラゴンを恐れたり、崇めたりするのは、まさにこの畏敬の念を呼び起こすような力のせいだ。その力はどこまでも無限に広がり、世界中の人々が、ドラゴンをはるか異次元の領域に棲む想像上の生き物として考えてきた。

不滅の勢力

　最古のドラゴン神話の多くでは、ドラゴンは、人間が誕生する以前の世界にいた生き物、つまり、神とされている。こうした概念は、ドラゴンが信じがたいほどに崇高かつ強大で、必滅の人間の理解を超越した存在であるという考え方に基づいている。

第 2 章　　　　　　　　　　　　　　　　　　　　創造性の広がり

創世主としてのドラゴン

　バビロニアやシュメール、エジプト、インド、メソアメリカなどに伝わる神話では、ドラゴンが天地創造の神として登場する。バビロニアの巨竜ティアマトは、バビロンの起源神話の本質的要素である一方、インドの蛇神シェーシャは、コブラ特有の首のひだで世界を支えている。

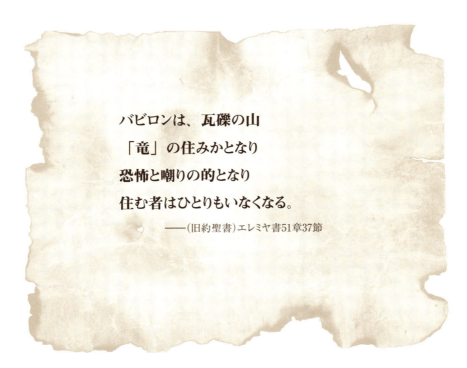

バビロンは、瓦礫の山
「竜」の住みかとなり
恐怖と嘲りの的となり
住む者はひとりもいなくなる。
　　　　——(旧約聖書)エレミヤ書51章37節

人類の創造者

　数多くの文化に、人類の創造を助ける蛇や竜の伝説が残っている。メソアメリカの神話によれば、「羽毛（もしくは羽根）の生えた蛇」として知られるケツァルコアトルは、冥界へ旅し、かつて存在した時代から生命の

PART I 普遍的なシンボル

要素となる欠片を持ち帰った。そしてみずからを傷つけ、その血で欠片を人間に変えた。ほかにも多くの民族が、自分たちは蛇の直系の子孫だと主張している。南アジアでは、ナーガと呼ばれる蛇神が諸国全体の祖先と考えられている一方、日本では天皇が偉大な竜の子孫といわれている。

自然界の中立の神としてのドラゴン

　ギリシア神話のドラコやシュメールのズーなど、あらゆる神々が風や雨、嵐を司る偉大な力をもっていたとされる。日本で古くから崇められている竜神は海の神とされ、南アジアのナーガは今も水の神とされている。蛇王アパラーラの伝説は、遺憾にもこの蛇神を顧みなくなった人間たちへの教訓物語の一例である。

> 人類はまさに黄金時代への
> 入り口にいるのかもしれない。
> しかし、もしそうだとすれば、
> まずその扉を守るドラゴンを倒す必要がある。
> このドラゴンとは宗教である。
>
> 　　　　　　──バートランド・ラッセル

人類の破滅

　ドラゴンは、世界中に伝わる多くの神話や伝説において、人類の敵である。ただし、巨大な体や強さ、特別な能力をもつドラゴンは、恐るべき敵であると同時に、偉大な手柄を立てようとする人間にとっては申し分のない好敵手となる。

　魔法の泉に棲むヒュドラや、イアソンが探し求める「金の羊毛」を守る番竜など、ギリシア神話に出てくるドラゴンは、こうした敵対的シンボルの代表である。彼らと戦う英雄は、たいてい神々からの何らかの助けや魔法を必要とするが、ヘラクレスの場合、彼自身が半神だ。

　北欧神話をはじめ、ヨーロッパ各地に伝わる火を噴くドラゴンの物語でも、この種のドラゴン伝説が描かれている。日本の神話に出てくる八岐大蛇（ヤマタノオロチ）も、人間を脅かすタイプの竜の典型である。

PART 1　　　　　　　　　　　　普遍的なシンボル

シンボルとしてのドラゴン

　ドラゴンは、さまざまな物事のシンボルとして用いられている。日本や中国では、竜は継承される皇位の象徴である。中国の神話では、聖ゲオルギオスとドラゴンの物語と同様に、竜が災いを呼ぶ場合もある。また、多くの物語において、ドラゴンのような蛇の姿をした怪物は、必滅の人間にとって克服しがたい試練や障害を表している。そしてそんなドラゴンを退治する英雄は、入念な計画と準備、そして幸運がうまく組み合わされば、どんなに手ごわい敵も征服できるという証にほかならない。

人類の守護者と支援者

人間を助けてくれるドラゴンは、西洋の神話よりも東洋の神話に多い。南アジアの蛇神ナーガや中国の竜の物語には、力を貸してくれたり、知恵を授けてくれたり、守ってくれたりと、積極的に人間に関与してくるドラゴンの例がいくつもある。たとえば、中国のある竜は、人間に文字をもたらしたと信じられている。メソアメリカでは、ケツァルコアトルが、人間の味方をしてくれるドラゴンとして崇められている。そうした神話に出てくるほかの神々が、人間の生き血を吸おうと狙っていることを考えれば、何ともありがたい話である。

第 2 章　　　　　　　　　　　　　　　　　　創造性の広がり

worm と wyrm

　dragon という言葉は、ギリシア語に由来するラテン語の draco から来ている。ところが、ゲルマン語系の worm という言葉は、古英語では wyrm と綴られ、現代の多くの作家がドラゴンを指して使う。アメリカの怪奇小説家 H・P・ラヴクラフトの作品に、妖術師ルートヴィヒ・フォン・プリンが書いたという架空の魔導書『妖蛆の秘密』が登場する。そのラテン語の原題は De Vermis Mysteriis で、英名は The Mysteries of the Worm だが、The Mysteries of the Dragon と訳すこともできるかもしれない。

PART 1   普遍的なシンボル

途方もない宝の守護者

　インドの蛇神ナーガの多くや、伏蔵竜と呼ばれる種類の中国の竜は、地下の財宝を不当な盗みや開発から守っている。北欧神話に登場するドワーフのファフニールは、貴重な財宝を盗み、それを独占するために、みずからドラゴンになった。(これと同じようなことが、C・S・ルイスのナルニア国物語『朝びらき丸 東の海へ』のユースチス・スクラブの身にも起きている)。ヨーロッパの神話に出てくるドラゴンの多くは、埋蔵された財宝を守っているとされ、こうした財宝を手に入れることが、冒険の旅の目的になったりする。イギリス最古の英雄叙事詩『ベーオウルフ』の主人公が、老王として最後に戦う火のドラゴンは、財宝を貯め込むことに取り憑かれ、侵入してきた人間に宝をひとつ奪われただけで、眠りから目を覚まし、烈火のごとく怒り狂う。同じように、J・R・R・トールキンの『ホビットの冒険』に出てくるスマウグも、表題にあるホビット族の主人公ビルボ・バギンズに宝の山から金杯を盗まれ、ドワーフの一行を皆殺しにしようとする。

果たし得ない目標のシンボル

　ウロボロスは、世界中で知られる蛇のシンボルで、みずからの尾をくわえ、輪の状態になった姿で描かれている。この円環が象徴するのは、私たちが何をしようと、時間は無情にも進み続けるという真実のようだ。
　中国では、竜は十二支のひとつである一方、竜の持つ珠は霊的な宝とされ、人間に所有されることはきわめて稀だ。ギリシア神話では、ドラゴンは唯一無二の聖なる財宝を守っている。こうした物語の重要なポイントは、神の大胆な介入がなければ、必滅の人間がドラゴンの財宝を奪うことはほぼ不可能ということである。
　最後に、ヨーロッパの神話や民話に伝わるドラゴンの物語では、ストー

24

第 2 章　　　　　　　　　　　　　　　　創 造 性 の 広 が り

リーの中間部分で、ドラゴンと戦う勇敢な騎士たちがつぎつぎと現れる。
しかし、悲しいことに、「彼らの誰もがそれきり消息を絶った」ようだ。

ウロボロス

ウロボロスのイメージは、1922 年に発表された E・R・エディソン
のファンタジー小説『ウロボロス』の表紙に描かれている。このシ
ンボルが最初に登場したのは、約 3500 年まえ、エジプトの『冥
界の書』の一部としてだった。中世には、タロットカードなどのトラ
ンプにも描かれた。ウロボロスはまた、卑金属を金に変えようとす
る錬金術という「科学」にも利用された。さらに、グノーシス主義
の宗教思想でも重視された。

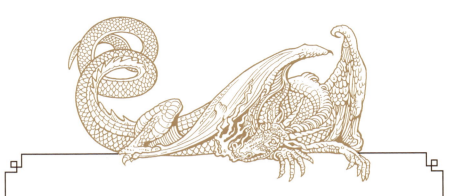

なぜ人びとの踏みならした道を、そんなにも急いではなれ、

心は強くあろうとも、弱い手で

洞窟の飢えた悪竜にいどんだのか?

おまえは無防備だったが、おう　それでは、

知恵という鏡の盾、軽蔑という矛はどこか?

　　　　　　　——パーシー・ビッシュ・シェリー「アドネース」(上田和夫訳)より

PART 2
各地の文化に伝わるドラゴン神話

CULTURAL MYTHOLOGY

世界中の神話や伝説にはあらゆる形のドラゴンが登場するが、ドラゴンの実際の姿は、彼らが人間とどのような関係にあったかと同じく、地域や時代によっても大きく異なる。本パートでは、それぞれの文化に特有のドラゴンについて見てみよう。

PART 2　　　　　　　各地の文化に伝わるドラゴン神話

28

第3章
古代のドラゴン

　古代の人々が動物を飼い慣らしたり、農耕を始めたりして、食料を生産する能力を身につけるようになると、彼らはそうした食料生産の手段を守るため、ひとつの場所にとどまることを余儀なくされた。こうして人々が集まり、村や町が生まれた結果、政治や冶金術といった文明が生まれ、文字という書き言葉が登場した。
　私たちの祖先が、焚き火を囲んで野営する遊牧の狩猟採集民だった時代から、物語を話して聞かせるストーリーテリングは、まさに生活の一部だった。書き言葉の導入は、こうした物語が記録され、形を変えながらも、長く語り継がれることを可能にした。当然といえば当然だが、最古のドラゴン神話のいくつかは、言葉を文字にして記すことを始めた最初の文明から生まれた。
　実際、書き言葉が最初に記録されたのは、中東の「肥沃な三日月地帯」であり、シュメールやバビロニア（現在のイラク周辺）の王国だった。それはインドや中国など、アジアの大部分をつうじて広がり、ペルシア、古代エジプト、パレスティナのセム系民族、さらにギリシアをはじめとする地中海の古代文明において花開いた。

PART 2　　　　　各地の文化に伝わるドラゴン神話

バビロニア、シュメール、「肥沃な三日月地帯」のドラゴン

　人類史上最古の書物では、天地を創造し、それを支配しているとされる生き物が登場する。もちろん、ドラゴンもそのひとつだった。

世界の創造

　ティアマトは、シュメールとバビロニア両方の古代神話に出てくる「創世竜」に与えられた名前である。ティアマトとその夫アープスーは、世界と人類が創造されるずっと以前から、ともに存在していた。ティアマトは海水の女神であり、混沌の象徴であった一方、アープスーは淡水の神であり、すべてを包み込む無の象徴だった。巨大な蛇のような姿をしたティアマトは、くねくねとした長い胴体と、どんな武器も通さない硬い皮膚をもっていた。頭には立派な角冠を戴き、後半身には鞭のような長い尾がついていた。

　神話によれば、このティアマトとアープスーが最初に天地を創造した。これら原初の神々は、あらゆる生き物をつくる生命の種子をもち、創世後、この世の最初の神々となる子孫を生み出した。そのなかには、もっとも強大で荒々しいマルドゥクや、未来を見定める力をもつエアがいた。また、同じくティアマトとアープスーによって生み出されたのが、ギルタブルルという半人半獣の怪物で、頭と胴体は人間、下半身はサソリという奇怪な姿をしていた。

第 3 章　　　　　　　　　　　　　　　古代のドラゴン

ティアマトの物語

ティアマトとアープスーの物語は、バビロニアの創世叙事詩『エヌマ・エリシュ』に記されており、これは古代都市ニネヴェに建設されたアッシリア王アッシュールバニパルの図書館跡から発掘された。物語は粘土板に古バビロニア語で書かれており、約 4000 年まえにつくられたという。これは、世界と人類の起源を明らかにする創世神話の一部として、ドラゴンが登場する多くの例のひとつである。興味深いことに、ティアマトという名前は、「海」を意味するギリシア語の thalassa と関連があるとする研究者もいる。また、ティアマトは、「深淵」を表すセム語の tehom と同根語であるともされている。

ほかのどの神々の力よりもエアの力を恐れたアープスーは、このもっとも聡明な子孫を滅ぼそうと決意した。しかし、未来が見通せるエアは、自分の命が脅かされていることを知り、行動を起こした。エアは父親のアープスーを縄で縛りつけ、身動きできなくなった彼を殺した。最初にして唯一の夫の死を知ったティアマトは怒り狂い、エアへの復讐を誓った。

しかし、ふたたびエアの予見の力が働いた。もしティアマトと自分が戦うことになれば、死ぬのは自分だとエアは悟った。ティアマトがキングーというべつの神を新たな夫にした一方、エアはほかのすべての神々を呼び集めた。そして彼らのなかでもっとも強いマルドゥクに、ティアマトとの対決を依頼した。マルドゥクはこれを引き受けたが、ある条件を出した。それはマルドゥクが勝利したら、彼を万物の最高神として迎えるというものだった。

こうしてティアマトとマルドゥクというふたつの巨大な勢力が、戦いの準備に入った。マルドゥクは網と棍棒、そして稲妻の矢を放つ弓で武装し、東西南北の四風が引く二輪戦車（チャリオット）に乗り込んだ。一方、ティアマトは、サソリ人間のギルタブルルを集結させ、さらにギラギラと光る獰猛な竜たちをつくり出し、みずからの手先とした。

決戦は、そんな超自然の勢力が激突して始まった。マルドゥクはティアマトの怪物軍団を一網打尽にし、鎖で縛り上げた。ティアマトはマルドゥクを飲み込もうと襲いかかったが、マルドゥクはティアマトが顎を広げた瞬間、そこへ旋風を吹き込み、敵の口を開いたままにした。そして喉から心臓へと、女神の肉体につぎつぎと死の電光を撃ち込んだ。

ティアマトの巨大な心臓はついに破裂した。女神が息絶えると、マルドゥクはその死体を切り刻んだ。その一部は天に投げられ、天の川となって、今もそこで輝いている。残りの断片から、マルドゥクは人類が最初に知ることとなる天地をつくった。また、ティアマトの血から、世界中の川がつくられ、そのなかには古代文明の源となるユーフラテス川も含まれていた。一方、人間そのものは、ティアマトの怪物たちの死体からつくられたとされ、マルドゥクの網にかかった彼らは、戦いのあと、殺されてばらばらに解体された。

ズーとエンリル

シュメールの神話には、空を司る最高神エンリルがいた。彼の名は「嵐の主」とも訳され、妻のニンリルとともに、シュメールの神々全体を統括していた。エンリルは息と風、宇宙の空間すべてを支配する神だったが、ほぼ同じ形で、アッカド人にはベルとして知られ、バビロニアの神マルドゥクも、彼と多くの特徴を共有していた。エンリルの穏やかな息は大地に豊饒をもたらすとされ、創世神話では、彼が空と大地を分け、植物が育つための陸地をつくったとされている。また、エンリルには多くの従神が

第 3 章　　　　　　　　　　　　　古代のドラゴン

仕え、ズーもその一柱だった。
　ズーは、鳥類の子孫として、ドラゴンの初期のイメージを表していた。口から火と水を噴くズーは、大きな人間の手をもつ巨大な鳥の姿で描かれた一方、頭がライオンで体がワシという怪鳥の姿をしたものもある。空の真水と堅牢な大地が混ざり合って一体となり、命を与えられたズーは、その恐ろしい姿から、エンリルに彼の宮殿と玉座の守護者となるよう命じられた。ズーはほかの神々からも恐れられ、悪の化身と考える者も多かった。
　しかし、この巨大な怪鳥に、従神や守護者という役割は合わなかったようだ。強欲なズーは、主神エンリルのもとから「天命の書板」を盗み出した。この書板は、それを手にした者に万物の運命を決める力を与えるとされ、ズーはこの力を我がものにしようとした。彼はエンリ

33

PART 2　　　　　　　　各地の文化に伝わるドラゴン神話

「天命の書板」

　　「天命の書板」は、メソポタミア神話のあちこちに登場する。楔
　形文字が刻まれたこの粘土板は、エンリルに主神権を授けるもの
　で、シュメールの詩『ニヌルタと亀』やアッカドのアンズーの詩な
　どにも見られる。

ルの宮殿から飛び去り、書板をそびえ立つ山の高みに隠した。

　書板を盗めば、激怒した神々がこれを取り返そうとすることはわかって
いた。しかし、この怪鳥にはそれなりの力があった。嵐の神であるズー
は、激しい南風と雷雨を操ることができた。嵐、雨、雷、稲妻の力を頼り
に、ズーは山の高みにとどまり、追っ手を寄せつけなかった。

　バビロニア、シュメール、「肥沃な三日月地帯」の３つの文化に伝わる
神話のいずれにおいても、ズーは最終的に、山頂の砦に彼を追ってきた
神々に殺される。バビロニア神話では、この怪鳥を滅ぼしたのは、ほかで
もないマルドゥクであり、ほかの神話では、ズーは雷電に打たれて、ある
いはニヌルタという敵の太陽神の魔法の矢を受けて、最期を遂げる。しか
し、ズーが貴重な宝を欲し、盗み出し、それを取り返そうとする者たちを
寄せつけず、巣穴でその宝を守っているという筋書きは、どの神話でも変
わらない。つまり、紀元前数千年にさかのぼるこの伝説には、あらゆるド
ラゴン神話に共通するストーリーが見られるというわけだ。

第 3 章　　　　古代のドラゴン

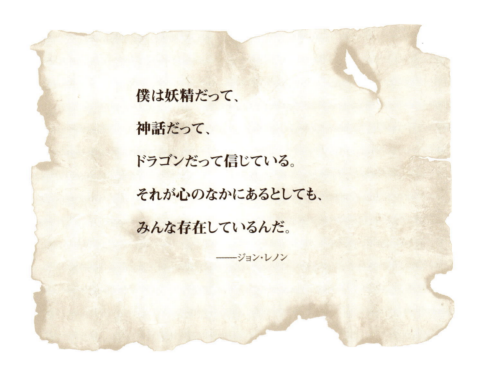

僕は妖精だって、
神話だって、
ドラゴンだって信じている。
それが心のなかにあるとしても、
みんな存在しているんだ。
　　　　　——ジョン・レノン

PART 2　　　　　各地の文化に伝わるドラゴン神話

古代エジプトのドラゴン神話

　毒蛇や人食いワニがうようよしていた古代エジプトでは、ドラゴン神話のインスピレーションに事欠かなかった。とくに蛇は、死者の見張り役とされていたため、邪神と善神の両方の役割を果たしていた。そのため、エジプトの墓では蛇の絵がよく見られる。

アペプ

　アペプは、エジプトの太陽神ラーの天敵として知られた。巨大な蛇の怪物とされ、ドラゴンと呼ばれることもあった。アペプはひどく強欲だった。人間の男性8人分の背丈があり、頭は火打ち石でできていたとする記述もあれば、長さが何キロもあったとする物語もある。冥界に棲むアペプは、毎日、太陽と戦っては、日暮れと夜の闇をもたらしたという。

　アペプの怒号は、地震や雷雨の原因とも考えられていた。ときには、大胆にも白昼にラーを襲うこともあり、その結果が日食とされた。しかし、ラーにはおびただしい数の守護者がおり、つねに用心深く、あっという間

第 3 章　　　　　　　　　　　　　　　　古代のドラゴン

に敵を制圧したため、太陽はすぐに通常の輝きを取り戻した。古代エジプトの文明が進むにつれて、アペプのイメージや特徴も変化し、最終的には、古代エジプト末期王朝時代の邪神セトと同一視されるようになった。

セトの進化

興味深いことに、古代のいくつかの解釈では、セトはアペプからラーを守る存在として描かれている。ラーの乗る夜の船の舳先から、セトがアペプを槍で突く様子を表した絵も存在し、こうした場面でのアペプは、ときに蛇、ときに亀の姿で描かれている。

ネヘブカウ

　ネヘブカウは、太陽神ラーに仕える大蛇である。冥界の入り口を守る彼は、毎日、アペプと戦うラーを手助けした。ネヘブカウを描いたイメージには、自分の尾をくわえて丸まり、その巨体で全世界を支えている姿のものもある。この蛇神は、しばしば蛇の胴体と人間の手足をもった姿で描かれた。

デンウェン

　体が炎でできているデンウェンの起源は、紀元前 2000 年以前にさかのぼる。非常に危険で、存在感のあるこの蛇は、古代エジプトの神々すべてを焼き尽くすほどの大火を引き起こすところだった。それをファラオが阻止したことから、王権が正当化された。

PART 2   各地の文化に伝わるドラゴン神話

ギリシア神話のドラゴン

　現在の dragon という語は、ギリシア語の drakon に由来し、ご存じのよ
うに古代ギリシア神話には、有名なドラゴン伝説がいくつもある。多くの
場合、ギリシア神話のドラゴンは、英雄的な人間や半神に対する敵として
登場する。よく知られるオリュンポスの神々の世界では、ゼウスとヘラが
王および女王として君臨し、粗暴な従神たちを支配していた。しかし、オ
リュンポスの神々よりまえの時代に、地母神ガイアを中心とする神々が存
在した。一般に、ギリシア神話のドラゴンは、この原初の時代に君臨した
神々の生き残りとされている。

アポロンとドラコン

　大地の女神ガイアには多くの子がいたが、そのひとりは、鉤爪のある足
をもつ大蛇だった。ドラコン、ドラコ、ピュト、ピュトンといった名前で
知られ、これらの語が、竜や蛇を表す現代の言葉に影響を与えたことは間
違いない。ドラコンは、ガイアと同じく、オリュンポスの神々よりまえの
時代から存在していた。

　ドラコンは、「大地のへそ」といわれる世界の中心、デルフォイの神託
所を守る番人だった。このへそとは、オムファロスと呼ばれる大きな石の
ことで、パルナッソスの山麓にあるデルフォイに安置されていた。ドラコ
ンはこの石に絡みつき、聖なる場所の不滅の守護者として、母の名のもと
にそれを守っているとされた。

　しかし、ゼウス率いるオリュンポスの神々の台頭により、ドラコンは破
滅の運命をたどる。好色で知られる主神ゼウスは、女神レートーを身ごも
らせた。彼女が双子――アルテミスとアポロン――を出産しようとしたと
き、夫の度重なる不貞に嫉妬したゼウスの妻ヘラは、ドラコンにデルフォ
イを離れ、レートーを世界の果てまで追い回すように命じた。こうするこ

38

第 3 章　　　　　　　　　　　　　　　古代のドラゴン

とで、ヘラはレートーが太陽の光のもとでは出産できないようにしようと
した。

　しかし、それでも双子が生まれ、やがて立派な青年に成長したアポロン
は、母親に大きな苦しみをもたらしたドラゴンに復讐しようと決めた。こ
のとき、ドラゴンはパルナッソス山に戻ったばかりで、アポロンはそこを
襲った。猛攻撃を受けたドラゴンは、デルフォイの神託所へ向かい、母親
の聖域に逃げ込んだ。

　しかし、アポロンは諦めなかった。彼は神託所を取り囲む岩の裂け目を
突き破り、ドラゴンに矢を浴びせた。ドラゴンが地母神の聖域のそばで息
絶えると、アポロンはその亡骸を、「世界のへそ」たるオムファロスの石
のしたに埋めた。

ギリシア神話の政治

　　**多くの研究者が信じるところによれば、古代ギリシアの歴史が決
　　定づけられたのは、それまでの古い文化に代わってヘレニズム文
　　明が生じたとき、ギリシアの神々が行動を起こし、ガイアやドラコ
　　ンといった古い時代の神々と衝突したことによる。実際、デルフォ
　　イの神託所が、ドラゴンの墓のうえに置かれたという事実は、それ
　　を象徴している。物語のより新しいバージョンでは、大地の女神
　　ガイアを中心とした異教崇拝が撲滅されたという。神託所を管理
　　する巫女は、そこで古い時代の信仰が滅んだことを認める証とし
　　て、しばしばピュティアと呼ばれた。**

39

ヒュドラ

　9つの頭をもつ大蛇ヒュドラは、ドラゴンの典型である。ヒュドラは、もっとも有名なギリシア神話のひとつに由来する物語に登場する。それはヘラクレスの物語で、凶行を犯してしまった彼は、ギリシアの王エウリュステウスに12の難業を課された。この難業のひとつが、ヒュドラの退治だった。

　ヒュドラは、「すべての怪物たちの父母」として知られるテュポンとエキドナの子だった。テュポンは、ギリシア神話における最大最強の怪物で、100の蛇の頭をもつ――これらの頭が指先から出ていたとする説もある――という恐ろしい生き物だった。妻エキドナのほうは、下半身が蛇の姿をしたニンフだった。難業に取りかかったヘラクレスに対し、女神ヘラは、ヒュドラをその難業の相手となるように訓練した。

　ヒュドラは、アルゴス近郊のレルネーの沼地に棲んでいた。冥界への入り口につながる洞窟を守っていたが、夜になるとこの洞窟から姿を現し、家畜や不注意な人間たちを襲っては貪り食った。ヒュドラには恐ろしい毒があり、その足跡に触れただけでも命取りとなったほか、吐く息を吸い込

第3章　　　　　　　　　　　　　　　古代のドラゴン

むだけでも死ぬとされ、血もまた猛毒だった。ヒュドラは頭を失っても生き延びることができ、ひとつ切り落とされても、すぐ新たにふたつの頭が生えてきた。しかも、ほかの頭に守られている中央の頭は不死とされていた。

ヘラクレスは、甥のイオラオスを従者として、この怪物を探しに出た。そんなふたりを、戦術の女神アテナが見守っていた。

ヘラクレスは、毒気を防ぐために布で口と鼻を覆い、ヒュドラが棲む洞窟の入り口へ近づいていった。暗闇に向けて火の矢を浴びせると、怒ったヒュドラが姿を現し、頭のすべてがヘラクレスに襲いかかった。

ヘラクレスは自分の武器で応戦したが、それが何だったのかは物語によって異なる。大きな棍棒だったとするものもあれば、剣、あるいは農夫の使う鎌だったとするものもある。ヘラクレスが頭をひとつ切り落とすと、ヒュドラは一瞬ひるんだが、すぐにまた傷口からふたつの頭が生えてきた。ヘラクレスは息を止め、攻撃を繰り返したが、切っても切っても頭は増えるばかりだった。

このままでは勝てないと思ったヘラクレスは、いったん引き下がって作戦を立て直そうとした。するとアテナから霊感を授かったのか、イオラオスにある考えが浮かんだ。彼は火を起こし、燃えさかる松明を掲げた。「あなたが頭を切り落としたら、私がその傷口を焼きます！」　ふたりは縦一列になって進み、攻撃を再開した。

ヘラクレスはふたたびヒュドラに打ってかかり、その頭を切り落とすと、イオラオスがすぐさまその傷口を焼いた。頭を失った首は激しく揺れたが、新たな頭は生えてこなかった。ふたりは何度もこの手順を繰り返し、猛り狂う怪物を徐々に突き崩していった。最後に中央の不死の頭が残ったとき、ヘラクレスは、黄金の剣——アテナからの贈り物——を持って近づいた。

彼はヒュドラから最後の頭を切り落としたが、この頭はけっして死なず、地面をのたうち、なおも唸り声を上げて噛みつこうとした。一面に撒

41

PART 2　　　　　　各地の文化に伝わるドラゴン神話

き散らされた猛毒に注意しながら、ヘラクレスはまだ生きているその頭を拾い上げた。そして深い穴へと放り込み、いくつもの巨大な岩の下敷きにして、不死の頭が二度とこの世に出てこられないようにした。

　最後にヘラクレスは、死んだヒュドラの血に自分の矢を浸した。この必殺の毒矢は、残りの難業を果たすのに役立つこととなった。

ヒュドラの頭はいくつある？

　　ヒュドラの頭は、9つあったというのがもっとも一般的だが、100や1000もあったとする文献もある。もとになったギリシアの古典にある詩は、その数を明確に示してはいないが、「壺絵画家が描き切れないほどの数の頭」と定義している。

ラドン

　ラドンもまた、ギリシア神話に由来する伝説のドラゴンである。ヒュドラと同じく、複数の頭をもち、これまたヒュドラと同じく、ヘラクレスに課された——11番目の——難業の相手だった。ラドンが守護者として置かれた庭は、大西洋のアフリカ北西岸沖に浮かぶカナリア諸島にあったともいわれる。実際、古代ギリシアの船がそんなに遠くまで航行できたかどうかはわからないが、これもまた、ヘラクレスの強さと才知が際立つ物語である。

　ラドンは、神々の女王ヘラによって、ヘスペリデスの園を守る竜として置かれた。その務めは、金の林檎をつけた木とその庭園を守ることである。ラドンは多くの頭——100とする説もある——をもち、それぞれにふ

第 3 章　　　　　　　　　　　　　　　古代のドラゴン

たつの目がついていた。しかも、頭はどれも眠りを必要としなかったため、ラドンほど有能で用心深い守護者はいなかった。体は蛇のように長く、とぐろを巻き、ひとりの人間——あるいは同時に何人もの人間——を絞め殺せるほどに強力だった。尾も太く頑丈で、人間の背骨を打ち砕くほどの破壊力があった。さらに、頭はそれぞれ異なる声で話すことができ、口には剃刀のように鋭い歯がずらりと並んでいた。

　ラドンは幹に絡みつき、全方位に警戒の目を光らせながら、つねに木を守っていた。大胆にも庭に侵入し、金の林檎を盗もうとする愚か者を見つけたら、一瞬のうちに相手をずたずたに食いちぎる構えだった。

　ヘラクレスは、庭の外側の壁のほうへ進んだ。壁越しに金の林檎がなっている木が見え、ラドンがその根元をほとんど塞いでいる。ヘラクレスの作戦は、あまり褒められたものではないが、残酷なまでに有効だった。彼はヒュドラの血がついた毒矢を取り出し、壁越しにラドンに向けて射った。何本かがぐさりと体に突き刺さると、ラドンは毒にやられて崩れ落ち、瀕死の状態になった。こうして敵が無力化したところで、ヘラクレスは庭に踏み入り、林檎を奪った。彼が最後の難業に臨むべく立ち去ろうとしたとき、ラドンは尾だけがまだぴくぴくと動いていたが、この英雄を阻止することはできなかった。

第 3 章　　　　　　　　　　　　　　　　　　古代のドラゴン

星になったドラゴン

ラドンは最終的に毒矢によって死んだが、「金の羊毛」を手に入れたイアソンとアルゴ船隊員の一行が通りかかり、その尾がまだぴくぴくしているのを見た。ラドンの死後、女神ヘラは彼を「竜座」として天に上げた。それは今も蛇のように体をくねらせ、かつて金の林檎の木を守っていたときのように、北極星をしっかり取り囲んでいる。

テーバイの黄金の竜

　このドラゴンは、ギリシア神話の軍神アレスの子孫で、カスタリアの泉と呼ばれる霊泉を守っていた。物語によっては、ガイアの息子のドラゴン自身とされることもあれば、蛇の元祖たるドラゴンの子孫とされることもある。いずれにせよ、この竜は、フェニキアの王子カドモスをめぐるギリシア神話に登場する。カドモスの妹エウロパは、類まれな美女だった。そんな彼女を連れ去ったのは、ほかでもないゼウスである。フェニキアの王は、カドモスにエウロパの救出を命じ、彼女を救い出すまで帰ることを禁じた。その旅の途中で、カドモスはドラゴンを退治し、さらにテーバイの都を建てた。

兄の冒険

　勇敢な家来たちとともに、カドモスは何年もエウロパを探した。妹を連れ去ったのがゼウスだと知った彼は、神々の王たるゼウスに挑んで、はた

して勝つ見込みはあるのだろうかと絶望した。そこでカドモスは、有名な
デルフォイの神託所へ行き、巫女のピュティアに今後の方針を相談しよう
と決めた。

　神託はカドモスに、エウロパのことは忘れるように——彼女には二度と
会えないだろう——と告げた。その代わりに、彼は不可解なお告げを受け
た。体のわきに半月の模様がある雌牛を見つけ、その雌牛が疲れて倒れる
ところまであとを追い、その場所に都を建てろという。

　雌牛は、神託所のそとでカドモスを待っていた。彼は雌牛について行
き、ボイオティアの地まで辿り着くと、そこで雌牛は力尽きた。これから
創建する都に恩恵があるようにと、雌牛をアテナへの生贄にしようと考え
たカドモスは、家来たちを近くのカスタリアの泉へ行かせ、儀式に必要な
新鮮な水を汲んでくるように命じた。カドモスが横になって休んでいるあ
いだ、家来たちが水を汲みに出かけた。

　しばらくして目を覚ましたカドモスは、家来たちがまだ戻っていないこ
とを知って驚いた。彼らを探しに泉のそばまで行ってみると、恐ろしいこ
とに、家来たちは切り裂かれ、血まみれになって死んでいた。それは何か
強大なもの、何かカドモスの想像を超えるような怪物の仕業に思われた。
ふと見上げると、そこには金の鱗に覆われた巨大なドラゴンがおり、今に
も彼に襲いかかろうとしていた。

黄金の守護竜

　その口には剃刀のように鋭い歯が３列に並び、皮膚は金貨が重なり合っ
たように光り輝いていた。蛇のようにとぐろを巻き、恐ろしい口を大きく
開いて、体を激しくくねらせながら、こちらへ向かってくる。広がった鼻
孔からは煙や炎が噴き出ていたが、カドモスには戦う覚悟ができていた。
彼は重い槍を掲げ、怪物の体を突いたが、鱗に覆われた皮膚はあまりにも
硬く、深傷を負わせることはできなかった。

第 3 章　　　　　　　　　　　　　　　　　　　　　　　　　古代のドラゴン

　カドモスは襲いかかる毒牙を必死にかわした。ドラゴンは後ろ足で立ち、なおも口を大きく開いている。一瞬の隙を見て、カドモスはその口に槍を突っ込んだ。3列に並んだ歯を通り抜け、槍は怪物の腹深くに突き刺さった。ドラゴンはシューッと音を立て、体をよじらせ、のたうち、なおも噛みつこうとしたが、カドモスは飛びのいた。口から黒い血が流れ出たが、それでもドラゴンは死なず、カドモスに襲いかかろうとした。

　しかし、腹に槍が突き刺さったままの怪物に、敵を捕まえるほどの俊敏さはなかった。カドモスは大きな岩を持ち上げ、立ったまま相手を待った。ドラゴンはふたたび襲いかかったが、またしても力及ばず、その幅広の平らな頭は、カドモスの足もとに崩れ落ちた。カドモスは岩で怪物の頭を押し潰し、ついにその息の根を止めた。

最後の試練

　女神アテナから聖なるお告げを聞いたカドモスは、すぐさま死んだドラゴンの口から毒牙を引き抜き、それを地面に撒いた。するとその歯から、武装した兵士の一団が現れた。彼らは剣や槍を振り回し、日光に目を細めながら、攻撃すべき敵を探していた。

　兵士たちが自分に襲いかかってくるのではないかと思ったカドモスは、彼らのあいだに石を投げ入れた。するとこの石に混乱した彼らは、向きを変え、今度は一斉に殺し合いを始めた。同士討ちでつぎつぎと兵士たちが死んでいき、最後に5人だけが残った。ここでカドモスが介入し、残った兵士たちに忠誠を求めた。彼らはひざまずき、カドモスを指導者として受け入れた。神託のお告げに従い、カドモスは彼らに都の創建を手伝わせ、こうして偉大なテーバイの王国が誕生した。

PART 2　　　　　各地の文化に伝わるドラゴン神話

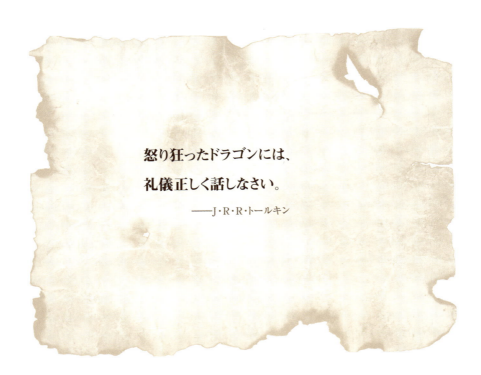

怒り狂ったドラゴンには、
礼儀正しく話しなさい。
——J・R・R・トールキン

ドラゴンと「金の羊毛」

　イアソンとアルゴ船隊員の物語は、ギリシア神話のもっとも有名な英雄譚のひとつである。アルゴ号の乗組員には、ヘラクレス、双子のカストルとポリュデウケス、テセウス、楽士のオルフェウスなどがいた。立派なアルゴ号に乗り込んだ彼らは、ギリシア海域を航行し、さらに黒海へと向かった。数々の冒険が待ち受けていたが、彼らの第一の目標は、「金の羊毛」を探すことだった。イアソンは、この宝を持ち帰ることにより、邪悪な叔父ペリアスに簒奪された王位を取り戻せると考えていた。

　一連の過酷な冒険をへて、イアソンはついに「金の羊毛」が保管されているというコルキスに到達した。しかしここでも、探し物は容易に手に入

第 3 章　　　　　　　　　　　　　　　　　古代のドラゴン

らなかった。
　当然といえば当然だが、コルキスの王アイエテスは、羊毛を引き渡すまえにイアソンに3つの難題を課した。この難題とは、火を噴く雄牛を軛(くびき)につないで畑を耕すこと、戦士の一団を倒すこと、そして羊毛を守るドラゴンと対決し、これを滅ぼすことだった。王はこのうちのどれかによって、イアソンが「金の羊毛」を奪い去ることを阻止できると考えていた。しかし、神々の介入により、アイエテスの娘で、生まれながらの魔女であるメデイアが、イアソンに恋をしたことで、その思惑は外れた。

PART 2 　　　　　　　　各地の文化に伝わるドラゴン神話

　メデイアの助けを借りて、イアソンは最初のふたつの難題を果たし、い
よいよ羊毛を手に入れるべく立ち向かった。羊毛は聖なるオークの木に釘
で打ちつけられていたが、メデイアは、それが火を噴くドラゴンに守ら
れていると警告した。「金の羊毛の番竜」として知られるこの竜は、テュ
ポンとエキドナの子のひとりだった。3つの舌をもつとされ、伝説によれ
ば、けっして眠らず、休まず、警戒を怠らなかった。

　しかしメデイアは、この「金の羊毛の番竜」を滅ぼす方法を知っていた。
彼女はイアソンの体に魔法の軟膏を塗りつけ、彼が竜と戦うときに必要な
薬草の束を渡した。イアソンが羊毛に近づくと、ドラゴンは洞窟から姿を
現し、後ろ足でそびえ立って、イアソンに火を噴いた。

　その焼けつくような火の息に喉を詰まらせたイアソンは、思わず後ずさ
りし、目がくらんだ。ところが驚いたことに、メデイアの軟膏のおかげで
皮膚が守られ、激しい炎を浴びても無傷のままだった。そこでイアソン
は、メデイアがくれた薬草の束を掲げた。するとそれは突然燃え上がり、
一筋のかぐわしい青い煙を吐き出した。

　ドラゴンはその煙を吸い込むと、すぐによろめき始め、ついには崩れ落
ちた。魔法の薬草のせいでドラゴンが気を失っているうちに、イアソンは
木から羊毛を剥ぎ取った。見事に宝物を手に入れた彼は、メデイアととも
にアルゴ号に乗って母国へ向かった――ところが帰国後も、さらなる冒険
が彼を待ち受けていた。

メデイア

この物語には続きがあり、メデイアは、じつは非常に残酷で嫉妬深い女であることがわかった。父アイエテスが羊毛を取り返そうとアルゴ号を追ってきたとき、彼女は弟のアプシュルトスを殺し、その遺体を八つ裂きにして海に投げ込んだ。そうすれば、父が追跡をやめ、息子の遺体を拾い集めて、埋葬しなければならなくなるからだ。その後、イアソンがコリントス王の娘と親密になると、メデイアは彼女を毒殺した。メデイアは、イアソンとのあいだのふたりの子供も殺し、イアソンに復讐した。

聖書のドラゴン

　旧約聖書と新約聖書のどちらにおいても、ドラゴンは強大な悪の象徴として記されている。サタンそのものがドラゴンとして表現される場合も多い。聖書に出てくるドラゴンは、翼や火の息など、中世の典型的な竜のイメージでは描かれていない。彼らはむしろ、蛇やワニといった爬虫類の姿で描かれている。これにはいくつかバリエーションがあり、恐ろしいバシリスクや、海の怪物レヴィヤタンなどが含まれる。

ヘブライ神話のドラゴン

　イザヤ書には、海獣レヴィヤタンについての記述があるが、これはタンニーンと呼ばれる海の竜のことで、現代のヘブライ語で「ワニ」を意味する。タンニーンは、ラハブというべつの海獣としばしば比べられ、ときに

PART 2　　　　　　各地の文化に伝わるドラゴン神話

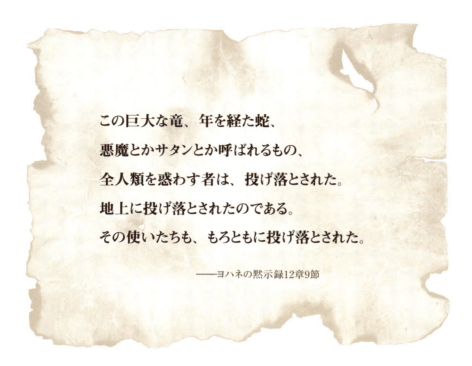

この巨大な竜、年を経た蛇、
悪魔とかサタンとか呼ばれるもの、
全人類を惑わす者は、投げ落とされた。
地上に投げ落とされたのである。
その使いたちも、もろともに投げ落とされた。

――ヨハネの黙示録12章9節

　混同されるが、ラハブは詩篇に登場し、紅海に棲むとされる。研究者のなかには、タンニーンの物語が、古代シュメールおよびバビロニア神話のティアマトの影響を受けていると考える者もいる。いずれにせよ、タンニーンという名は（ラハブと同じく）、イスラエルの民が脱出したあとのエジプトの地を象徴していた。
　ヨブ記41章13節に、「喉は燃える炭火　口からは炎が吹き出る」という生き物が出てくるが、これは明らかにドラゴンの伝統的な姿をイメージさせる。

第 3 章　　　　　　　　　　　　　　　　古代のドラゴン

黙示録のドラゴン

　新約聖書最後の書である「ヨハネの黙示録」は、キリスト教の聖書のなかで、もっとも終末論的な色彩が強い部分だろう。これが書かれたのは、紀元1世紀の最後の25年間、早ければ紀元70年、遅くとも紀元100年までの時期であることは確かだ。

　この黙示録でもっとも強烈なイメージのひとつが、凄まじい破壊をもたらす巨大な赤い竜である。この竜は、尾で天から無数の星を掃き寄せ、それらを地上に投げつける。そして味方の天使たちを呼び集め、大天使ミカエルの軍団と壮絶な戦いを繰り広げる。結果として、この竜──「年を経た蛇、悪魔とかサタンと呼ばれるもの、全人類を惑わす者」──は、手先

> さて、天で**戦い**が起こった。
> ミカエルとその使いたちが、
> **竜**に戦いを挑んだのである。
> 竜とその使いたちも**応戦**したが、**勝て**なかった。
> そして、もはや天には彼らの居場所がなくなった。
>
> ──ヨハネの黙示録12章7節〜8節

として戦った天使たちとともに、天を追われ、罰として地上に送られる。以来、彼らは天に「追放」され、「堕落した」存在として描かれることになった。

古代キリスト教神話のドラゴン

ドラゴンを想起させるキリスト教の物語のほとんどは、聖書ではなく、キリスト紀元最初の数世紀に生まれた。こうした物語では、しばしば信仰の名のもとに犠牲となった殉教者の話が取り上げられる。信仰を貫いた彼らの物語は、ひとつのインスピレーションとなって、多くの人々をキリスト教に改宗させようとする教会の助けとなった。

ドラゴンと聖ゲオルギオス

聖ゲオルギオスに退治されたドラゴンが棲みついていたのはリビアだったが、この伝説は、世界中のキリスト教社会で広く知られる叙事詩となった。それは騎士道の時代に、北ヨーロッパ、とくにフランスやイングランドで定着した。この物語が最初に書かれたのは6世紀で、紀元300年ごろの出来事だったとされる。これを描いた初期の芸術作品は、11世紀から現れている。聖ゲオルギオスの竜退治の物語は、悪に対するキリスト教の力を示すものとして、広く語り継がれた。

4世紀初め、ローマ帝国は衰退期にあったが、それでもその領土は、スペインからトルコにかけての地中海世界全域、中東の大部分、北アフリカ、さらにガリア（フランス）やイングランドにまで及んでいた。キリスト教の勢力は300年間でますます高まっていたものの、ローマ帝国で公認されたのは、313年、コンスタンティヌス帝がキリスト教に対する寛容令を出してからだった。それ以前、キリスト教徒は帝国全土で迫害を受けていた。

ところが伝説によると、ゲオルギオスは、ローマの軍人だったにもかか

わらず、キリスト教信仰を禁じられることもなく、それを実践していた。しかし、ディオクレティアヌス帝がキリスト教徒を死刑に処すとする法令を発したとき、ゲオルギオスは軍の職を辞し、現在のトルコ中央部にあった故郷カッパドキアに帰った。ゲオルギオスが身につけていた甲冑や盾には、立派な十字架が描かれ、馬にも金の装具がつけられていた。彼は槍を背負い、放浪しながらキリスト教の信仰を広めた。地中海南岸に沿って旅を続けた彼は、やがてリビアのシレナという町にやって来た。

　シレナでは、近くの湖に、毒を吐く恐ろしいドラゴンが棲んでいた。奥地の山から下りてきては、家畜の牛や羊を餌食にするという。そしてついには羊飼いの少年が犠牲となり、王はこの怪物との取引を余儀なくされた。

　シレナの人々は、毎朝、羊を2頭ずつ生贄として差し出すことで、しばらくはドラゴンをなだめた。湖岸に羊がつながれているうちは、ドラゴンは姿を現しても、生贄だけを連れ去り、巣穴に戻っていった。

　しかし、生贄に差し出す羊が1頭もいなくなってしまったとき、伝説によれば、王とその側近たちは恐ろしい決断を下した——町の子供を差し出すことにしたのだ。無情にも、くじで選ばれた子供が湖へ連れて行かれ、岩に縛りつけられた。するとドラゴンがやって来て、その子供を食い殺した。シレナの人々はなす術もなく、ただ怯えるばかりだった。

　そんなある日、運命の巡り合わせか、王の娘がくじで生贄に選ばれた。絶望した王は、娘が助かるなら、財宝をすべて放出し、人民に分け与えると宣言した。しかし、すでに自分の子供が犠牲になっていた多くの人々にとって、それは王の身勝手でしかなく、嘆願は受け入れられなかった。結局、王女は花嫁姿で湖のそばの岩に縛りつけられ、残酷な運命を待ちながら、恐怖の夜を過ごすことになった。

英雄の登場

　そこへやって来たのが、金で飾った馬に乗り、槍を背負い、キリストの

立派な十字架が描かれた盾と甲冑を身につけたゲオルギオスだった。彼は王女に助けを申し出たが、健気な王女はそれを断り、すぐにこの場を去らなければ、あなたもドラゴンにやられてしまうと警告した。もちろん、ゲオルギオスは彼女の言葉に耳を貸さなかった。すると次の瞬間、さっそくドラゴンが湖から姿を現し、襲いかかってきた。

　ゲオルギオスは十字を切ると、槍を掲げ、ドラゴンに向かって突撃した。槍はドラゴンの鱗に覆われた胸を貫いた。傷を負ったドラゴンは倒れ込み、のたうち回ったが、それは致命傷ではなかった。ゲオルギオスは王女から「帯ひも」——おそらく現代のベルトのようなもの——を借り、それをドラゴンの首に巻いた。こうして怪物は制圧された。

　ゲオルギオスは王女を馬に乗せると、帯ひもの端をぐいと引っ張り、捕らえたドラゴンを引きずって、シレナの町へ向かった。人々はドラゴンが近づいてくるのを見て怯え、最初はこの狂った騎士が町に破滅をもたらすのではないかと警戒した。

　しかし、ゲオルギオスにとって、これは人々を集団で改宗させるチャンスにほかならなかった。町を救ったのはイエス・キリストであると説いた彼は、もし王とその臣民が洗礼を受けるなら、目のまえでこのドラゴンを殺し、危難を永遠に葬り去ろうと約束した。もちろん、シレナの人々はこれに同意した。王たちが洗礼を受けると、ゲオルギオスはドラゴンの頭を切り落とした。伝説によれば、ドラゴンの死体を町から運び出すのに、大きな牛車が4台も必要だったという。

　この物語にはさまざまな結末がある——少なくともそのひとつでは、ゲオルギオスは王女と結婚する。しかし、ほかの結末では、彼は放浪と冒険の旅を続け、最終的にはキリスト教徒であるという理由で拷問を受け、殉教する。その死から数世紀後、ゲオルギオスは東西両方のキリスト教会で聖人に列せられた。

PART 2   各地の文化に伝わるドラゴン神話

聖ゲオルギオスとイスラム

聖ゲオルギオスは、イスラム世界でも崇められる数少ないキリスト教の聖人のひとりだ。彼はときにアル＝ヒドル――コーランに出てくる神秘的な人物で、モーセと交流があった――と同一視される。イスラム教の信者のあいだでは、聖ゲオルギオスはレバノンの都ベイルートの近くでドラゴンを退治したとされ、そこには何年にもわたって、彼を祀る聖堂が置かれた。

聖マルガリタ

　聖マルガリタは、アンティオキアのマルガリタとしても知られ、キリスト紀元のごく最初の数世紀に生きた。彼女の父親は異教の祭司で、マルガリタがキリスト教に改宗したとき、娘を家から追い出した。その後、彼女は現在のトルコの田舎で羊飼いをして暮らした。マルガリタは非常に美しかったため、彼女を見たローマの地方長官は、その美しさに心を奪われ、結婚を申し込んだ。しかし、信仰を捨てるように求めると、マルガリタは断固としてこれを拒否した。

　長官はマルガリタを地下牢に投げ込ませ、彼女は過酷な拷問を受けたが、それでもキリスト教の信仰は捨てなかった。ついには、サタン自身が彼女の頑固さにうんざりし、ドラゴンの姿で現れて、この貞淑な信者を丸ごと飲み込んだ。しかし、拷問官がマルガリタに祭服を脱がせるのを忘れていたため、彼女が身につけていた十字架がドラゴンの腹に激痛をもたらし、思わず彼女を吐き出した。

58

第 3 章　　　　　　　　　　　　　　　　　　　古代のドラゴン

　けれども、これは殉教者の物語であって、ハッピーエンドのおとぎ話ではない。ドラゴンから奇跡的に逃れたマルガリタは、長官に追い回された挙げ句、304 年に死刑に処されたという。この若き女性の信仰と殉教は、ドラマティックなドラゴン物語とともに、キリスト教伝説の一部となった。物語は、とくにキリスト教の騎士たちが中東やトルコで長い期間を過ごした十字軍の時代に、広く知れ渡った。マルガリタはローマ教会と東方正教会の両方において聖人とされ、ジャンヌ・ダルクが苦難に際してその

声を聞いたとされるひとりである。今日、イギリスには、この聖マルガリタに捧げられた教会や礼拝堂が数百も存在する。

聖パトリックとアイルランドの蛇

聖パトリック（パトリキウス）は、古代アイルランドのもっとも有名なキリスト教徒であり、紀元5世紀前半に、エメラルド島（アイルランドの異名）に福音を伝えたとされている。彼の遺産や生涯をめぐっては多くの伝説が生まれたが、一般に、彼はブリテン島のキリスト教徒の家庭に生まれたとされている。16歳のとき、アイルランドの侵略者に捕らえられた彼は、同島に連れ去られ、そこで奴隷として何年か過ごした。20代のとき、彼はアイルランドを脱出してブリテンへ戻った。その後、彼は生涯の仕事となる伝道のため、ふたたびアイルランドへ戻り、結果として、アイルランドの多くの人々をキリスト教に改宗させた。

聖パトリックについて、もっとも古くから伝わる神話のひとつは、彼が山で40日間にわたって断食していたとき、瞑想中に蛇に襲われたという話である。腹を立てた彼は、神の力に訴え、アイルランド中の蛇をすべて海へ追いやり、溺れさせた。

これには現代の科学によっても確かな裏づけがあり、最後の氷河期の終わりからずっと、アイルランドに固有の蛇は1匹も存在しない。一方、キリスト教の修道士にとって重要なライバルだったドルイドは、手足に蛇の入れ墨をすることで知られた。これは蛇が悪魔ではないにせよ、少なくともキリスト教徒が打倒すべき異教徒の象徴として用いられていたことを示している。

第 4 章
東アジアのドラゴン

　中国、韓国、日本という東洋の三大文化に伝わる神話では、竜が重要な役割を果たし、それぞれに豊かなバリエーションを見せている。なかでも中国の神話はもっとも古く、その最初のものは、「肥沃な三日月地帯」の古代文明が形を帯び始めたのとほぼ同時期に生まれた。約6000年まえにさかのぼる中国の墓からは、最古の竜の姿を伝えるものとして、色鮮やかな貝を敷き詰めて描かれた絵も発見されている。
　東アジアに見られる竜は、甚大な被害をもたらしかねないパワーをもつ一方、ヨーロッパのドラゴンのように、強欲で破壊的で邪悪な生き物としては考えられていない。アジアの竜の物語では、竜がしばしば人々を助けたり、特定の人間と交流をもったりする。たとえ人の助けにならない場合でも、竜の行為には、たいてい同情すべき理由が伴っている。もちろん、本章でのちに述べるように、日本の八岐大蛇(ヤマタノオロチ)伝説のような例外もある。

PART 2　　　　　各地の文化に伝わるドラゴン神話

中国の竜

　中国の竜は、しばしば英語で lung（中国語のローマ字表記法によっては long）と表される。ひと口に中国の竜といっても、その特性や働きはじつにさまざまだが、いくつかの普遍的な側面もあるようだ。中国の竜は、つぎの9つの特徴を共有している。

1　ラクダのような頭
2　鯉のような鱗状の体
3　雄鹿のような頭の角
4　ウサギのような目
5　雄牛のような耳
6　蛇のような首
7　二枚貝のように膨らんだ腹
8　虎のような足
9　ワシのような鉤爪

　中国の竜は、怒りっぽくて尊大だが、まったくの邪悪な存在というわけではけっしてない。多くの神話によれば、水との結びつきが強い彼らは、陸に棲むこともでき、空を飛ぶこともできるが、水中がもっとも棲みやすいようだ。実際、中国沿岸のどの海にも、そこを棲み処とする竜がいると信じられている。

第 4 章　　　　　　　　　　　　　　　　　東アジアのドラゴン

竜の生涯

　中国の竜の生涯は、文学作品や民話をとおして、かなり明確に定義されている。雌の竜は、川や湖の岸辺に近い浅瀬で産卵する。水底のあちこちで輝くこれらの卵は、美しい小石のように見える。竜の卵は、孵化するまでに 1000 年のときを要する。いよいよ誕生の瞬間が近づき、卵に最初のひび割れが生じると、親竜たちは不気味な鳴き声を上げる――父親の吠える声が旋風を巻き起こし、母親の叫び声がその荒ぶる風を鎮めるとされた。

　卵が完全に割れると、激しい雷雨を受けて、ついに竜の赤ん坊が生まれ出る。こうした前兆がまさにふさわしいのは、中国神話では、竜が水と天候を支配すると信じられてきたからだ。孵化した幼竜は、しばらくすると水辺の誕生地を離れるが、成竜になるまでには約 1500 年を要し、完全な成熟を示す角竜になるには、さらに 500 年を要する。

PART 2　　　　各地の文化に伝わるドラゴン神話

翼を生やして

　中国の竜は、翼をもった姿で描かれることはほとんどない。しかし、伝説によると、1000歳に達した竜は、望めば翼を生やすことができるという。下図のように、脇腹から枝のような付属器官が出てくるのだが、じつはこれらは飛行に不可欠というわけではない。実際、中国の竜は、翼があろうとなかろうと、空を飛ぶことができる。

中国の竜の歴史的重要性

　中国の竜の物語は、7000 年以上も昔にさかのぼる。ある伝説によれば、釈迦が世界中の動物たちを呼び集めようとしたところ、無事に釈迦のもとに到達できたのは、わずか 12 匹だけだった。この 12 匹が十二支のシンボルとなり、もちろん、竜もそのひとつだった。

　中国では、女媧が人類を創造したとされ、その半人半竜の女神をとおして、人間はみな竜の遠い子孫と信じられてきた。女媧の子供たちは、竜と人間のあいだで自在に姿を変えることができた。彼らは体を大きくしたり、小さくしたりもでき、天高く飛べる一方、海底深くまで、息をせずに潜ることもできた。

竜の掟

中国の皇帝は、古くから竜の子と考えられてきた。このことに敬意を表して、天竜のしるしが縫い込まれた特別な衣は、皇帝だけが着ることを許された。一方、5 本指の足をもつ黄竜も、皇帝の典型的なシンボルである。黄竜の図柄は、皇帝の衣服をはじめ、その身分に関連する旗や紋章にしか描くことができなかった。こうした皇帝の竜のシンボルは、北京の紫禁城など、かつての皇宮でも見られる。

PART 2　　　　各地の文化に伝わるドラゴン神話

中国の竜の種類

　中国神話に登場する竜は、いずれも力強く長生きで、賢い生き物だった。しかし、その性質は互いに大きく異なり、姿もそれぞれに特有だった。

天竜

　天竜は、竜の最高位にある天空の竜で、神々の住む宮殿を支えていた。希少な存在である天竜は、一般に慈悲深いとされ、なかでも優れた天竜は竜族全体の支配者といわれる。天竜について触れた最古の物語には、ある腕のいい画家の男が出てくる。男は自宅の壁にたくさんの竜の絵を描いていた。その絵があまりに美しいので、ある天竜が興味を引かれ、それを直接見ようとやって来たところ、男は竜の崇高さに恐れをなし、逃げ出してしまったという。

神竜

　神竜は、いわゆる竜の精で、風雨を操り、地上に嵐をもたらすことがおもな役目とされた。空色の鱗をもつという神竜は、雨を司ることから、とくに農民にとって重要な存在だった。人々は神竜を怒らせないように細心の注意を払った。というのも、神竜に無礼を働けば、大洪水や日照りを招きかねないからである。神竜は巨大な竜で、水平線をまたぐように空に浮かび、誰もその全体の姿を見ることはできなかった。

　伝説によれば、神竜は偉大な力をもちながら、怠けがちだった。山のような仕事から逃れるため、神竜は鼠ほどの大きさになり、干し草の山や木の根元、人家などに身を隠した。こうした場所に雷が落ちると、雷神は家来に命じて、怠け者の神竜を探しに行かせたという。

66

第 4 章　　　　　　　　　　　　　　　東アジアのドラゴン

　とくに身分の高い神竜は皇帝竜と呼ばれ、5本指の足をもつことで知られた。

伏蔵竜

　伏蔵竜は、地下の世界の竜で、鉱物や貴石といった地中の宝物を守ることがおもな役目だった。また、人間の手でつくられ、土に埋蔵された財宝も守っていた。火山噴火は、伏蔵竜が地中から飛び出したことによるものと考えられた。いずれの伏蔵竜も、魔除けとして貴重な珠を携えており、こうした竜の珠は、中国の竜伝説で重要な役割を果たしている。

そのほかの種類の中国の竜

ここで紹介した4種の竜ほど多くはなく、重要でもないが、中国の竜には、さらに以下のような5つの種類があり、同じく中国神話の一部をなしている。

- ◉**海に棲み、とぐろを巻く蟠竜**

- ◉**最強の竜に数えられる角竜**

- ◉**博学で知られ、人間に文字を授けたとされる黄竜**

- ◉**伝説では黄河を支配し、治水を行なったとされる応竜**

- ◉**中国周辺の海に棲み、これを支配したとされる四海竜王**

PART 2　　　　　　各地の文化に伝わるドラゴン神話

地竜

　地竜は、大地の竜と呼ばれている。奇妙にも、神竜と同様、地竜もじつは水を司る竜だが、彼らは雨や天候ではなく、川や湖、小川を支配した。地竜は秋を天空で過ごし、春を海で過ごすといわれた。

北京の水竜

　中国の神話では、竜は賢くて慈悲深く、人間の役に立つものとして描かれることが多いが、いつもそうとはかぎらない。ある物語では、用心深い竜が人間たちの侵入に腹を立て、彼らを懲らしめるために極端な行動に出た。きっかけは、のちに北京の都として繁栄することになる城郭の建設だった。

　この偉大な都の建設をめぐる伝説は、1370年ごろ、明朝の初めに生まれた（北京の起源は紀元前11世紀）。あるとき、哪吒という中国の神の一柱が、今の北京がある一帯に都を置くようにと皇帝に助言した。当時、そのあたりはよどんだ低地で、塩気のある水と沼地が広がっていた。

　しかし、その沼地は、幸せな竜の一族によって支配されていた。皇帝が、軍師で大建築家の劉伯温（劉基）に命じて、竜族の棲む沼地に巨大な都を建設させようとしたとき、彼らはその工事を快く思わなかった。人夫たちが一帯に散らばり、あちこちで水路を掘ったり、道路を敷設したり、大きな建物の基礎を築いたりし始めると、竜族の王は、無礼な人間たちにこの地を選んだことを後悔させてやろうと決めた。

　中国の竜の多くがそうであるように、この竜も姿を自在に変えられる魔力をもっていた。竜は妻とともに、人間の老夫婦に化けた。彼らはふたつの大きな水甕を荷車に載せ、皇帝に会いに出かけた。深々とお辞儀をし、敬意を表したふたりは、皇帝に都からこの水甕を持ち出す許可を求めた。

　皇帝はとくに気にも留めず、ふたりに立ち去るように命じた。しかし、

68

第 4 章　　　　　　　　　　　　東アジアのドラゴン

PART 2　　　　　　　　各地の文化に伝わるドラゴン神話

その魔法の水甕には、じつは竜たちが北京の一帯から奪った淡水が入っていた。その晩、ふたりは都を出て、遠くの丘陵地へ向かった。

　翌朝、都は突然の壊滅的な渇水に見舞われた——あちこちに点在していたはずの井戸や沼、池からも水が消えた。皇帝は絶望し、民衆は慌てふためいたが、軍師の劉伯温だけはべつだった。彼は哪吒に相談し、何が起きたのかを悟った。

　劉伯温はさっそく行動を開始し、都のすべての門に使者を送り、前夜、誰が都を出たのかを調べた。その結果、あのふたつの大きな水甕を持った老夫婦が、都を出て、西の丘陵地へ向かったことがわかった。もしふたりが丘に辿り着き、そこで水をすべてばら撒けば、都は永遠に干上がってしまう……。劉は衛兵隊のメンバーに、都の窮地を救う志願者を求めた。

　すると高梁という勇敢な兵士が、その任務に名乗りを上げた。劉伯温は高梁に長い槍を与え、急いで老夫婦を追うように命じた。ふたりを見つけたら、素早く水甕を壊し、あとは全速力で都へ戻り、けっして振り返ってはならないと彼に警告した。

　高梁は槍を携え、西へ向かったが、非常に早足で歩いたので、正午までには老夫婦に追いついた——ふたりはとぼとぼとゆっくり歩いていた。この老夫婦が竜だという手がかりは何もなく、彼らはただの年老いた農民のように見えた。高梁はふたりにこっそり近づき、いきなり手前の水瓶に槍を突き刺した。

　陶器の甕は粉々に打ち砕かれたが、高梁がもう一方の水甕を突こうと腕を引いた瞬間、割れた甕から大量の水が流れ出し、押し戻された。驚いた高梁の目のまえには、老人がたちまち巨大な竜に姿を変え、そびえ立っていた。

　もう一方の水甕を割る余裕がなかった高梁は、向きを変え、都に向かって走り出した。背後には、おびただしい量の水が轟音とともに打ち寄せている。彼は槍を捨て、全速力で走った。すぐに都が見えてきたが、彼が出発した門のところで、人々が自分の背後に迫る何かを指差したり、叫んだ

70

第 4 章   東アジアのドラゴン

りしているのが見えた。よろめいた高梁が、思わず後ろを振り返ると、巻き上がった大水が襲いかかり、一瞬にして彼を飲み込んだ。

　大水は都にまで押し寄せたが、水浸しにはしなかった。高梁が打ち砕いた甕の水は、塩気があり、汚れていたが、作物を育てるには十分だった。ただ、伝説によれば、もっとも良質な澄んだ水は、高梁が打ち砕けなかったほうの水甕に入っていたようで、それは永遠に失われた。とはいえ、彼は英雄として称えられ、都の西門にできた川は高梁河と名づけられた。また、その川に1764年につくられたアーチ橋にも、彼の名前がつけられた。高梁橋は、高度な芸術的技巧を用いた美しい橋として、今日もなお残っている。

竜の珠(たま)

　多くの伝説が示すところによれば、中国の竜は、しばしば顎のしたなどに貴重な珠を持っている。この珠は贈り物として与えられたり、財宝として盗まれたりして、いくつかの偉大な竜の物語のなかで重要な役割を果たしている。

PART 2　　　　　各地の文化に伝わるドラゴン神話

海力布の珠
（ハイリーブ）

　ある日、海力布という心優しい男が、村の近くの小川の岸辺を歩いていると、葦のなかからガーガーという大きな鳴き声が聞こえた。沼地へ分け入ってみると、鳴き声の主は大きな白いガチョウだった。羽根をばたつかせ、嘴をパチパチさせながら、ガチョウは、岸辺の岩を背にしてとぐろを巻いた、小さな蛇に襲いかかろうとしていた。男はその無力な蛇を哀れに思い、杖でガチョウを追い払ってやった。

　ガチョウが去ったあと、とぐろを解いた蛇は、驚いたことに、海力布のまえに美しい少女となって現れた。彼女は竜王の娘で、自分の命を救ってくれた男に恩返しがしたいと言った。少女は、布袋から艶々とした小さな珠を取り出し、それを海力布に手渡した。
「この珠があれば、動物たちの言葉がわかります」。「知り得たことをあなたがどう利用しようと自由です。ただし、動物たちが言ったことをほかの人間に話してはなりません。さもないと石にされてしまいます」

　海力布はこの贈り物を大切にして、何年ものあいだ、村やその周辺に棲む鳥や山羊、犬たちの話を聞いて楽しんでいた。しかしその間ずっと、この魔法の珠に伴う警告は忘れず、つねに言葉に気をつけていた。

　ところがある日、彼は鳥たちが村に大洪水が迫っているとして、ひどく騒いでいるのを聞いた。鳥たちは、一帯が大水に押し流されると警告し合い、飛び去った。心優しい海力布は、これを秘密にしておくことはできなかった。それどころか、彼は村中を走り回り、人々に洪水の危険を知らせた。彼らは子供や年寄りを連れ、みなで高台へ避難した。丘に辿り着くと、洪水が村に押し寄せるのが見えた。しぶきを上げる激流のなか、一瞬で飲み込まれたものがあった――それは石にされ、取り残された海力布だった。

第 4 章   東アジアのドラゴン

草売りの珠

　昔、ある働き者の少年が、岷江のそばで母親と暮らしていた。彼らは非
常に貧しく、少年は鎌で草を刈り取り、それを近所の人々に家畜の餌とし
て売ることで、わずかな収入を得ていた。彼はたいてい、村のすぐ近くで
青々とした草を見つけることができたが、乾季になると、家から遠く離れ
たところまで歩いて行かなければ、十分な草は見つからなかった。

　ひどく乾燥した夏のある日、少年はいつもより遠くまで谷を上ってい
き、青々とした草の生えている一画を見つけた。彼は何日もそこへ通い、
運べるかぎりの草を刈り、村まで持ち帰った。不思議なことに、少年がど
んなに草を刈っても、翌日には、同じ場所にふたたび青い草が生い茂って
いるのだった。

　とはいえ、長い距離を歩かなければならないため、少年は自分と母親が
何とか食べていけるだけの十分な草を持ち帰ることができなかった。そこ
で彼は、この不思議な草を移植できないかと考え、根を傷つけないよう
に、鋤を使って草を土ごと掘り上げてみた。すると驚いたことに、そこに
は艶々とした立派な珠が埋まっていた。少年は草のかたまりと珠を家へ持
ち帰った。母親は珠を見て大喜びし、それを米壺に隠した――そのときは
数粒の米しか入っていなかった。

　一方、少年は掘り上げた草のかたまりを、自宅のそばのほとんど干上
がった川の近くに植えた。翌日、大いに期待して見に行ってみると、がっ
かりしたことに、苦労して移植した草は枯れ、一夜のうちに茶色くなって
いた。しかし、母親は少年を慰めるようにこう言った――心配することは
ない。あの珠を売れば、十分な食料が買えるのだから。ところが、珠を取
りに戻ってみると、驚いたことに、米壺はてっぺんまで米で一杯になって
いた。珠に不思議な力があることを知ったふたりは、翌晩、銭壺――ほん
の小銭しか入っていなかった――にそれを入れてみた。すると翌朝、銭壺
は光り輝く金貨であふれていた。

73

ふたりは珠の存在を知られないようにしていたが、小さな村だけに、人々は親子の暮らしぶりが明らかによくなったことに気づき始めた。すぐに二人組の強盗が家に押し入り、なかを荒らし回った。珠が見つかることを恐れた少年は、強盗に銭壺を差し出した——が、珠だけはこっそり手に取り、ぱくりと飲み込んだ。

少年はたちまち、内臓が焼けつくような激痛に襲われた。井戸に走り、何杯も水を飲んだが、痛みはさらに増すばかりだった。彼はよろめきながら川岸へ行き、さらに水を飲もうと頭を川に突っ込んだ。すると恐怖に震える母親——と強盗——の目のまえで、少年の体はみるみる膨れ上がった。皮膚はびっしりと鱗に覆われ、頭には大きな角が生えて、少年はあっという間に巨大な竜になった。すると雲から激しい雨が降り出し、一帯を干上がらせていた日照りが解消した。しかし、竜は岸では生きられない——苦悩に満ちた表情で母親をちらりと振り返ると、竜になった少年は川に飛び込み、そのまま泳ぎ去った。

竜と財宝

竜がなぜ金銀宝石と結びついているのかは誰にもわからないが、西洋のドラゴンの財宝であれ、東洋の竜の珠であれ、竜と宝の結びつきは世界中に及んでいるようだ。ただし、いくつかの伝説に描かれているように、東洋の竜は宝物よりも知恵を重んじる。こうした理由から、東洋の竜は一般に、西洋のドラゴンよりも人間に親切なのかもしれない。

第 4 章　　　　　　　　　　　　　　　　　東アジアのドラゴン

譚(たん)の珠

　竜の魔法の珠は、べつの物語でも大きく取り上げられている。それは譚という貧しい少年の物語で、彼は母親とともに、魚のいない池のほとりで暮らしていた。ただし、この物語の教訓は、無私無欲の態度が最終的には報われるというものである。

　譚は、自分の人生がなぜこんなに恵まれないのか、神々に説明してもらいたいと思った。そこで彼は、西の御殿に住むという神々に面会しようと旅に出た。何週間も歩き続け、飢え死にしそうになった彼は、あるとき、美しいが口のきけない娘を連れた老女と出会った。老女は譚に食べ物と寝床を与え、なぜ娘は話すことができないのか、代わりに神々に訊いてほしいと彼に頼んだ。さらに何週間も歩き、ふたたび飢え死にしそうになった譚は、今度は実がつかない果樹の世話をする老人に出会った。老人は譚に

なけなしの食料を分け与え、なぜ自分の果樹は実をつけなくなったのか、代わりに神々に訊いてほしいと彼に頼んだ。

　譚はさらに旅を続けたが、途中、荒れ狂う川に行く手を阻まれた。旅を断念しなければならないかと心配する譚のまえに、額に美しい珠が埋め込まれた竜が現れ、向こう岸まで泳いで——この竜は飛べなかったので——彼を運んでくれた。譚の旅の理由を知った竜は、なぜ自分は飛ぶことができないのか、代わりに神々に訊いてほしいと彼に頼んだ。

　こうして川を渡り、譚はついに神々の住む宮殿に辿り着いたが、答えてもらえる質問は3つだけだという。がっかりしたものの、彼は自分を助けてくれた3人から託された3つの質問をした。神々からそれぞれの答えをもらうと、譚は家へ帰ることにした。

　途中、譚は竜に会い、神々の言葉を伝えた——「誰かのために善行をなせば、飛べるようになる」

　竜は少し考えたのち、額から貴重な珠を抜き取り、それを譚にくれた。「君は貧しいのに親切だ。私の一番の宝物をあげよう」。

　竜の気前の良さに感動した譚は、つぎに実がつかない木をもつ老人の家へ向かった。彼は老人に、「木の根元を掘ってみなさい」と伝えた。老人がそうすると、いくつかの金の甕が見つかり、それぞれに澄んだ水が入っていた。老人がその水を果樹にかけると、たちまち立派な実がついた。お礼に、老人はその水甕のひとつを譚にくれた。

　譚はさらに、口のきけない娘を連れた老女の家にやって来た。娘に話しかけると、驚いたことに、彼女は譚に返事をした。譚はその娘と結婚し、自分の母親に会わせるために、彼女を家に連れて帰った。

　ところが家では、母親が絶望のあまり、涙で視力を失っていた。しかし、譚が母親のまえに珠を持っていくと、その顔に柔らかな光が広がり、母親はふたたび目が見えるようになった。その同じ柔らかな光は、池に魚をもたらし、老人がくれた魔法の水甕は、不毛だった畑に多くの作物を実らせた。譚と妻は、湖のほとりでゆったりと幸せに暮らした。そして毎

76

年、春になると、大切な珠をくれた竜がふたりの家を訪れ、再会を喜び合った。

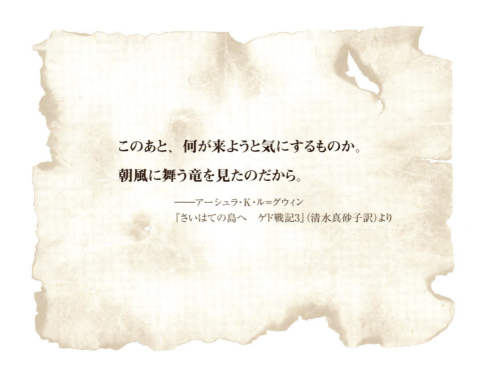

このあと、何が来ようと気にするものか。
朝風に舞う竜を見たのだから。

──アーシュラ・K・ル=グウィン
『さいはての島へ　ゲド戦記3』(清水真砂子訳)より

韓国の竜

　韓国の竜は、中国の竜と非常によく似ている。しばしば3本指の足をもつ姿で描かれるが、もっとも偉大な竜は4本指で描かれる。韓国の竜は、長い顎ひげをもつという点で、ほかの東アジアの竜と区別されることがある。また一般に、人間にとって親切で役に立つ生き物とされ、水に対して大きな影響力をもつ。彼らは雨をもたらすと信じられ、多くの物語で、川や湖、浅い海、さらには山中の小さな池や淡水の泉に棲むという竜が出てくる。

PART 2　　　各地の文化に伝わるドラゴン神話

　なかには、その知恵が崇められ、韓国の王や賢者に助言を与えたりする竜もいる。こうした竜が珠を携えていることは稀だが、前足で珠を握っている竜もいたとされる——ただし、「親指」がないと珠は握れないため、これは4本指の竜だったと思われる。

イムギ

　イムギは、竜になる可能性をもつ大蛇である。蛇のような姿で、伝説によれば、竜になるまでに1000年の時を生きなければならないという。それだけの高齢に達し、さらに天から落ちてくるヨイジュ（夜光珠）という宝を摑むことができれば、イムギは本当の竜になれる。その珠は、しばしば処女として描かれ、その娘が進んでイムギの花嫁になれば、イムギは一人前の竜になれるというわけだ。

　一般に、イムギを見かけることは幸運のしるしとされる。それは彼らが親切で有益な生き物であり、めったに悪さをしないと考えられているためだ。

コカトリス（鶏竜）

　コカトリスは、雄鶏の頭をもつ2本足の蛇の怪物で、韓国では、ときに鶏竜と呼ばれる。実際、コカトリスはイングランドの神話や文学にも登場し、シェイクスピアの『十二夜』にも、これに触れた場面がある。コカトリスは、雄鶏が産んだ卵（それ自体が神秘）を蛇が孵した結果とされ、翼をもった姿で描かれることもある。

日本の竜

　日本神話の竜は、さまざまな要素が寄せ集まっている。日本の竜のなかには、ヨーロッパのドラゴンと同じくらい強欲で乱暴で、邪悪なものもいる。一方、不吉な前兆を示すことにより、人々に災難を警告する竜もいれば、中国の民話によくあるように、人間に恵みを与えてくれる竜もいる。

　古代の日本では、天皇は竜の子孫と信じられていた。実際、日本の初代天皇である神武天皇は、竜の孫とされていた。

竜神──海の神

　島国である日本は、食料や防衛を周囲の海に大きく依存してきた。しかし、島国の民にとって、海は脅威でもあり、日本人はそんな海の力に深い畏敬の念を抱いてきた。その意味で、彼らが竜神という強く崇高な生き物を崇めたのは、ごく自然なことといえる。日本では、竜神は四方の海を司る神と考えられた。

　巨大な口をもつ竜神は、どんなに大きな船やクジラでも飲み込むことができ、水中で口を開いて息を吸い込み、水面に大きな渦をつくることもできた。鱗や爪、角、舌は、どれも美しい深い青色をしていた。アジア（やその他）の神話に出てくる竜の多くがそうであるように、竜神も人間の姿に変身することができた。実際、竜神の娘（海神ワダツミの娘タマヨリヒメ）は、日本の初代天皇である神武天皇の母親とされ、竜神は同国の歴代天皇全体の祖先といわれた。

　竜神は、紅白の珊瑚でできた竜宮城と呼ばれる海底の宮殿に棲んでいた。このきらびやかな御殿には４つの大広間があり、それぞれ四季の風情を楽しめるようになっていた。冬の間は真っ白な雪に覆われ、春の間は満開の桜に縁取られ、夏の間はコオロギの鳴き声が賑やかで、秋の間は見事な紅葉で彩られていた。もし人間がこの広間でたった１日過ごすだけで、

PART 2　　　　　各地の文化に伝わるドラゴン神話

それは地上の100年に相当するといわれた。

　竜神には、たくさんの忠実な家来——大きな亀や大小の魚たち、クラゲといった海洋生物——がいた。魔法の宝珠で潮の干満を操る竜神は、たいてい親切な神であったが、怒ると海に激しい嵐を呼び起こし、船や沿岸部の低地に壊滅的な被害をもたらすこともあった。一方、この竜の崇高な姿を目にした者は、けっして生きては帰れないといわれた。

戦いの強い味方

　竜神の子孫とされる神功皇后は、宿敵である朝鮮への攻撃を計画した。彼女は朝鮮半島へ渡るべく大艦隊を組織したが、朝鮮にも艦隊があり、両

骨を砕かれたクラゲ

　ある竜神の物語では、その力の強さだけでなく、気性の荒さも描かれている。あるとき、不快な発疹に悩まされた竜神は、その治療薬に、主成分として猿の肝が必要だと知った。彼は家来のクラゲに、猿の肝を取ってくるように命じた。しかし、クラゲが海岸にいた利口な猿に声をかけると、肝は森の奥深くにある壺にしまってあると猿は言った。猿が森へ行って肝を取ってくるというので、クラゲは行かせた。当然ながら、猿はそのまま戻らず、クラゲは仕方なく竜宮へ引き返し、恐る恐る主人に失敗を報告した。竜神は烈火のごとく怒り、クラゲを叩きのめして、その骨をすべて砕いてしまった——こういうわけで、クラゲには今も骨がないのである。

80

第 4 章　　　　　　　　　　　東アジアのドラゴン

軍は海上で対決することになると思われた。戦いの結果を懸念した彼女は、守護神の竜神に助けを求めた。竜神は願いを聞き入れ、彼女に潮の干満を操れるふたつの宝珠を与え、その使い方を教えた。

　神功皇后の艦隊は海に出て、朝鮮に向かった。予想どおり、敵の艦隊が日本軍と対戦すべく前進してきた。両艦隊がまさに衝突しようとしたとき、神功皇后は一方の潮の宝珠を舷からできるだけ遠くへ投げた。これは干潮の珠で、たちまち潮が引き、両艦隊の船は、露わになった海底に取り残された。そこで日本軍は、命令に従って乗船したまま待機したが、朝鮮軍は刀や盾を取り、一斉に船を下りた。彼らが日本軍の船に攻め込もうとしたそのとき、神功皇后はもう一方の宝珠を投げた。それは満潮の珠で、今度はたちまち潮が満ちた。船はふたたび浮き上がったが、海底に取り残された朝鮮の兵士たちは溺れ死んだ。

八岐大蛇
ヤマタノオロチ

　八岐大蛇は、あらゆる文化で描かれる竜のなかでも、とくに破壊的で恐ろしい竜である。「八岐大蛇」という表記は、8つの山と8つの谷をまたぐというこの大蛇の姿をよく表している。八岐大蛇の異様な巨体には、8つの頭と8つの尾があり、それぞれの頭についた目は、熟したほおずきのように真っ赤に輝いていた。しなやかな首は全方位を見張ることができ、尾は鞭のように機敏に動き、前後に激しく打ちつけては、ヒューッという不気味な音を立てた。

　八岐大蛇の腹はいつも血でただれ、つねに餌食を求めていた。大きな背中は土で汚れ、木々が生えていた一方、体のほかの部分に広がる鱗は苔に覆われていた。八岐大蛇は、出雲の国の船通山の麓に棲むとされていた。これまで多くの戦士たちが八岐大蛇を退治しようとしてきたが、誰もこの怪物を傷つけることさえできず、代わりに命を落とした。八岐大蛇は人肉を貪ってますます巨大化し、一帯の村を恐怖に陥れた。毎年、八岐大蛇は美しい娘を生贄として差し出させた。ある夫婦には8人の美しい娘がいたが、すでに7人が八岐大蛇の犠牲となっていた。最後に残った8人目の末娘もまた、八岐大蛇の餌食になる運命と知り、夫婦は絶望していた。

天を追われた英雄

　一方、海と嵐を司る神イザナギ、イザナミのもとに、須佐之男という王子がいた。須佐之男は、母であるイザナミのいる根の国に行きたいと願い、父イザナギの怒りを買って追放される。そこで人間の姿となって地上に降り立ち、出雲の国（現在の島根県）をさまよっていた。彼はずっと誰にも出会わなかったが、肥河（現在の斐伊川）にやって来たとき、その川を箸が流れていくのを見た。人間のところから流れてきたに違いないと考えた須佐之男は、川岸に沿って上流へ歩いていった。すると岸辺で老夫婦

がおいおいと泣いている。ふたりのあいだには、悲しみに取り乱した美しい少女も座っていた。

「なぜ泣いているのか」と須佐之男は訊ねた。老夫婦は、うえの7人の娘たちはみな八岐大蛇に奪われ、ついにこの8番目の娘も生贄にされてしまうと説明した。須佐之男は、その娘が非常に美しいのを見て、こんな娘が卑劣な怪物の餌食になるのは忍びないと思った。

「その大蛇はどんな姿をしているのか」と須佐之男は訊ねた。老夫婦は、八岐大蛇の八首八尾の恐ろしい巨体と、飽くことを知らぬ残忍な欲望について述べた。

「もし私がそなたらの娘を救うといったら、娘を私の妻にくれるか？」と須佐之男が訊ねると、老夫婦は信じられないといった様子ですぐに同意した。

「ではそうなろう」と須佐之男は言った。彼はさっそく神通力で娘を——老夫婦がひどく驚いたことに——目の細かい櫛に変え、自分の長い髪に挿した。つぎに須佐之男は、老夫婦に大きな酒樽8つ分の強い酒を用意させ、さらに家の周りに8つの門のある塀をつくらせた。彼らはそれぞれの門の内側にひとつずつ酒樽を置き、八岐大蛇が来るのを待った。

　生贄を求めてやって来た八岐大蛇は、強い酒の香りに引き寄せられた。8つの頭をそれぞれ異なる酒樽のほうへ伸ばし、貪欲にもすべての酒樽の酒を飲み干した。その結果、八岐大蛇は酔いつぶれ、地面に崩れ落ちた。

　これを見計らって須佐之男が近づいた。彼は鋭く丈夫な刀で、素早く八岐大蛇の首を切り落とし、さらに体を切り刻んだ。大量の血が流れ出し、肥河はそれから何年も赤く染まったという。しかし、村人たちは八岐大蛇の脅威から解放され、須佐之男は美しい娘クシナダヒメを妻に得た。

黄金鳥

　黄金鳥は、京都の山城の近くの池に棲む白い竜だった。この竜はほとんど水上に出ることがないため、人々は何十年もその存在を忘れていた。しかし、約50年ごとに池から上がり、黄金の羽根をもつ巨大な鳥となって現れるという。その見事な羽根が太陽にきらめく様子は、じつに美しかった。しかし、鳥は嘴を広げると、冥界のあらゆる苦痛が合わさったかのような恐ろしい呻き声を発した。これがこの鳥の本性だった。というのも、黄金鳥の出現は、地震や飢饉、疫病といった災いの前兆だったからである*。（編集部註　京都に残る竜伝説に、同様の話は確認が取れませんでした。ご留意ください）

満濃池の竜

　この大きな深い池――池というよりも湖に近い――には、日本神話に出てくる善良な竜の1匹が棲んでいた。竜はその魔力のすべてを水に頼っていたが、それでも晴れた日には、池から出て日光浴をするのが好きだった。彼は小さな蛇の姿で現れ、平らな岩のうえにするすると登り、ゆったりと体を伸ばした。

　ところがある日、彼がこうして日光浴を楽しんでいると、空から天狗が舞い降りてきて、彼を蛇だと思って摑み上げた。突然のことにびっくりした竜は、うまく逃げることができなかった。天狗は天狗で、やはり驚いたものの、その蛇を一気に握り潰せなかったことを悔やんだ――天狗はこれまでそうやって多くの蛇を殺してきた。ただし、この蛇は蛇ではなく、本当は竜だった。

　怒った天狗は、手に蛇の竜を握ったまま、山のねぐらに舞い戻った。空気に長くさらされ、完全に乾き切ってしまった竜は、その魔力――水が不可欠――を失っていた。彼は、山の斜面の切り立った崖にある小さな割れ目に押し込まれた。天狗は石の楔でその割れ目を塞ぎ、そのまま飛び去っ

た。蛇の竜は、姿を変えることも、割れ目から逃げることもできずに取り残された。

　しばらくすると、天狗は新たに僧をさらって戻ってきた。天狗は石の楔を引き抜き、蛇の竜が閉じ込められている同じ割れ目にその僧を押し込んだ。天狗がふたたび飛び去ると、蛇の竜はさっそく僧に話しかけ、どうして捕まったのかと訊いて、僧を驚かせた。

「私は小川で水を汲んでいたのです」と、僧は水差しを見せて答えた。「ところが家に戻ろうと立ち上がった瞬間、あの天狗が舞い降りてきて、いきなり私をさらったのです」。

そこで蛇の竜は、「その水を私にかけてください。そうすれば私の魔力が回復し、ここから出られます」と頼んだ。

　駄目でもともとと、僧はこれに同意し、蛇の竜に水をかけてやった。すると蛇は本来の姿に戻り、割れ目にふたりを閉じ込めていた楔を砕いた。竜は翼がなくても容易に飛ぶことができ、喜んで僧を乗せて高みから降下し、彼を家まで送り届けた。

「あなたはまたあの池へ戻るのですか？」と僧が訊ねた。

「もちろんです。でも、そのまえに天狗を見つけなければ」と、竜は険しい目つきで空を見上げた。その後、復讐を果たした竜は、ふたたび満濃池に戻り、嬉しそうに水中へ滑り込んだ。

PART 2　各地の文化に伝わるドラゴン神話

天狗

日本の美術では、天狗は鳥として描かれたり、犬のような生き物として描かれたりする。一番の特徴はその鼻で、ときに巨大な鼻をもつ人間の姿で描かれることもある。

竜海寺

　昔、竜苑寺という寺に、ひとりの信心深い僧が住んでいた。彼は毎日、境内でお経を読んでいたが、ある日、彼のお経を熱心に聴いている男がいるのに気づいた。その男と親しくなった僧は、彼に食べ物や飲み物を出してやり、男もそれをありがたく頂戴した。僧が男にどこから来たのかと訊ねると、男はじつは人間ではなく、竜だと打ち明けた。僧のお経をどうしても聴きたくて、人間の姿になってやって来たのだという。

　ふたりはすぐに親友となり、僧と竜のこの友情関係は世間に広く知れ渡った。以来、僧は歳を取っても、竜のほうはいっさい歳を取らないまま、ふたりは毎日、午後をともに過ごした。僧がお経を読み上げると、竜はその美しくリズミカルな響きに、じっと耳を傾けていた。

　ところがあるとき、国中がひどい日照りに見舞われた。田畑も川も干上がり、作物は枯れ、魚までもが日本の沿岸から姿を消したようだった。思いあぐねた天皇は、竜と親しいというその僧を呼びつけた。天皇は、竜に雨を降らせるように僧に命じた。もしこの命令を果たせなければ、僧は永久に国を追われることになるという。

　寺へ戻った僧は、竜に天皇の命令のことを話した。賢明で信心深い人間

86

として、僧も竜が水に対して大きな力をもつことは知っていた。しかし、友達の竜が天皇の求めに応えられるかどうかはわからなかった。

「雨を降らせることはできますが」と竜は悲しげに言った。「それは私の役目に反します。私は雨を司る竜ではないのです。これから３日間、雨を降らせたとしたら、私はその代償に命を失うでしょう」

僧は竜に死んでほしくなかったので、代わりに自分が国を出ようと申し出た。しかし、ふたりとも日照りに苦しむ国の惨状を見過ごせず、ついに竜は雨を降らせる決心をした。彼は僧に自分の死骸を手厚く葬ってほしい、そして３つの場所を訪れ、それぞれの地に自分を偲んで寺を建ててほしいと頼んだ。

僧が泣く泣く承諾すると、竜は本来の姿になって飛び去った。それから３日間、雨が降り続き、田畑にはふたたび作物が実り、川には水が流れた。しかし、予言どおり、竜は掟を破ったために命を奪われ、その死骸は山のうえの池で見つかった。僧は深い悲しみとともに竜を埋葬し、その場所に寺を建てた。この寺は竜海寺と呼ばれるようになった。

僧はさらに竜が示した３つの場所へ赴き、それぞれに竜心寺、竜天寺、竜王寺という寺を建立した。彼はこれらの寺をひとつずつお参りし、生涯にわたり、お経を上げて竜を弔った。

PART 2　　　　　　　各地の文化に伝わるドラゴン神話

第 5 章
インドおよび南アジアのドラゴン

ほかの多くの古代文明と同じく、南アジアの古代文明でも、雨や日光、豊饒や多産をもたらす——嵐や稲妻、飢饉、寒気といった災いだけでなく——存在として、神々を描いた神話が生まれた。より熱帯性で雨の多い気候のインドには、「肥沃な三日月地帯」よりも多くの種類の蛇が生息している。そのため、古代インドやその周辺王国の神話では、神々の象徴として、蛇をイメージしたドラゴン伝説が生まれやすかったようだ。

南アジアに共通する蛇の神（もしくは蛇の悪魔）といえば、体が蛇で、頭——あるいは上半身——が人間というナーガである。ナーガは一般に、蛇のなかでももっとも恐ろしいコブラを神格化したもので、特徴的な首のひだと毒牙が、そのイメージとよく結びつけられた。

ナーガはしばしば半神半人と考えられたが、それは人間に対してどのような気性や態度を取るかによって大きく異なった。彼らのなかには、海底の宮殿や雲に浮かぶ城で帝王のように暮らしたものもいれば、暗い洞窟や古代遺跡で獣のように暮らしたものもいる。また、強い魔力をもつナーガは、よく人間の姿になっては、地中の穴に忽然と姿を消したり、海に飛び込んだまま、二度と浮上しなかったりした。

こうしたナーガのイメージや伝説は、この地にヒンドゥー教と仏教という二大宗教が生まれるまえの時代にさかのぼる。多くの古代文明や原始文

明において、蛇崇拝は信仰の重要な要素となったが、ナーガはこの東洋の二大宗教のいずれの神話にも組み込まれている。

最古のナーガ

　ナーガ（とその女性形ナーギもしくはナーギニ）は、創造神カシュヤパとカドゥルーの直系の子孫とされ、最高神ヴィシュヌとも直接的な関係にある。伝説によれば、ナーガはもともと地上に棲んでいたが、あまりにも数が増えすぎたため、ブラフマー神が地下の世界に追いやった。また、ナーガは人間と蛇のあいだで自在に姿を変えるなど、大きな魔力をもって

もし空が夢を見られるとしたら、
ドラゴンの夢を見るだろう。

──イローナ・アンドルーズ『運命の果て』より

第 5 章　　　　　　　　インドおよび南アジアのドラゴン

いたため、ブラフマー神は、彼らが真に邪悪な者しか噛まないように——早死にする運命にある者も噛むことができた——命じた。

　ナーガの多くは、バガヴァティの海底王国へ向かったが、なかにはナーガローカと呼ばれる地底界に棲んだ者もいた。いずれにせよ、彼らは宝石で飾られた豪華な宮殿にいた。ナーガの本来の姿は、上半身が人間で、下半身が蛇という大蛇であり、いずれも人知を超えた魔力をもっていた。

　伝説によると、ナーガたちは、ヴィシュヌ神を守り、崇めていたアナンタ＝シェーシャという蛇王に支配され、川や湖、海、井戸など、水に対して大きな力を及ぼしたとされる。

ナーガの種類

古代インド神話では、ナーガは4つに分類され、それぞれに担当する分野があった。

1　**天のナーガ**——神々が住む天の宮殿の守護者で、実際、みずからの体やコブラ特有の首のひだを使って、巨大な宮殿を支えたという。あとに述べるシェーシャの神話には、このナーガがどうやって世界を頭で支えたかが記されている。天のナーガたちは、本質的には親切だが、つねに超然として誇り高く、相当な敬意に値するものとされていた。

2　**空のナーガ**——水、とくに大気に存在するときの水に大きな支配力をもっていた。空のナーガは雲を生み出し、それを自分の息で操って、望む場所に雨を降らせることができた。また、気温をコントロールし、望むときに雪を降らせることもできた。彼らは豊作をもたらす恵みの雨を司るということで、とくに農民のあいだで大切にされた。空のナーガも、敬うべき存在とされ、いくつかの伝説によると、侮辱されたり、蔑ろにされたりすると、怒って日照りや飢餓を引き起こしたという。

3　**地のナーガ**——同じく水を司ったが、おもに河川や水路、排水溝など、大地を流れる水に対して支配力をもっていた。水中に棲む彼らは、神の浚渫機《しゅんせつき》として仕え、水がスムーズに流れるように障害物を除去したり、川床の深さを維持したりした。ほかのナーガと同じく、地のナーガもまた、人間のような劣った存在からの信仰や供物を期待した。

4　**伏蔵のナーガ**——財宝の守護者として、たいてい洞窟や海底の宮殿に棲んだが、古代遺跡や廃寺に潜む様子も伝えられている。ナーガがもっとも大切にした財宝には、宝石のみならず、神々がつく

第 5 章　　　　　　　　　　インドおよび南アジアのドラゴン

り、ナーガにその保管が託された（あるいは盗まれた）貴重な品々も含まれた。縄張り意識や所有欲が強い——どちらの性質も宝物の守護者には有益——ことで知られ、もし人間が地面に深い穴を掘る場合は、伏蔵のナーガに敬意を示すべきだとされた。

蛇崇拝

蛇崇拝は、もちろん、アジアに特有のものではない。ギリシアのクレタ島では、古代都市クノッソスの遺跡発掘により、紀元前 1600 年ごろに栄えたミノア文明で、**蛇の女神が崇拝されていた証拠**が見つかっている。アフリカでは、17 世紀前半にニシキヘビ信仰があった。さらにアメリカでは、一部のキリスト教ペンテコステ派のあいだで**蛇を扱う儀式**がある。

PART 2　　　　各地の文化に伝わるドラゴン神話

原初のナーガ

　シェーシャ（別名アナンタ）、ヴァースキ、タクシャカといった３者の
ナーガは、ヒンドゥー教の創世神話において重要な役割を果たしている。

シェーシャ

　シェーシャはナーガ族の王で、原初の宇宙に存在した一柱である。彼は
万物を支える宇宙の海の水面に棲み、首のひだを大きく広げてヴィシュヌ
を支え、全世界を支えた。最年長のナーガといわれるシェーシャは、カ
シュヤパとカドゥルーのあいだに生まれた1000のナーガの最初のひとり
だった。神話によって、頭が５つある姿で描かれているものもあれば、と
ぐろを巻いた巨体から何千もの頭が伸びた姿で描かれているものもある。
　シェーシャのきょうだいの多くは、残忍で危険な存在となり、宇宙のほ
かの生き物に苦痛や死をもたらしては喜んでいた。とくに兄弟がその姉や
妹たちへの拷問を始めると、シェーシャはこれを嫌って家族から離れ、上
空の大気をさまよった。ヒマラヤ山脈の頂上のあたりを漂っていたとする
者もいる。彼は瞑想し、兄弟の卑劣な行為を償おうとみずからを罰した。
　シェーシャは、体の軟組織——肉や皮膚、筋——のすべてが痩せ衰え、
ついには骨と皮ばかりになってしまうほどに自分を鞭打ち、痛めつけた。
　ブラフマー神は、そんなシェーシャの苦しみに同情し、何か頼み事はな
いかと訊いた。シェーシャの頼みはつつましいものだった。彼は家族の罪
に対して許しを請い続けられるように、強い心が欲しいとだけ願った。ブ
ラフマーはその願いを聞き入れ、反対にシェーシャにある頼み事をした。
それはシェーシャが果たすこととなる重要な務めだった。
　ブラフマーはシェーシャに、いまだ不安定な世界の土台に入り、その首
のひだを広げて大地をしっかり支えてほしいと頼んだ。シェーシャはこの
頼みを受け入れ、地底に滑り込み、首のひだで世界を背負うようにして支

第 5 章　インドおよび南アジアのドラゴン

えた。彼は今なお、この世を支えているという。

ヴァースキ

　ヴァースキは全長が何キロもある巨大なナーガで、古代神話によれば、創世の重要な一部を担った。この世が創造されるまえ、世界は「乳海」という混沌の海で満たされていた。そこには命の成分が含まれていたが、まだ何の形もなく、形なき命は生まれようがなかった。

　神々と魔族はともにヴァースキに近づき、その巨体で乳海を掻き回し、そこから不老不死のエキスを抽出できるようにとろみをつけてほしいと頼んだ。ヴァースキはこれを引き受け、神々と魔族は、彼をマンダラ山という背の高い山に巻きつかせた。神々がヴァースキの一方の端を引っ張り、魔族がもう一方を引っ張って、山を前後に回転させることにより、乳海が攪拌され、生命のもととなる物質ができたという。

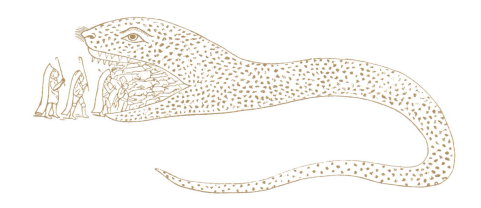

タクシャカ

　タクシャカもまた、原初の時代の偉大なナーガだった。彼はカンダヴァの森にあるナーガ族の国を支配していたが、やがてパーンダヴァ兄弟率いる敵の連合軍によって、宮殿から荒野へ追いやられた。タクシャカは家来とともに、タクシャシーラという新たな都をつくり、そこでほかのナーガたちを支配した。

　タクシャカは敵の不当行為について何年も思案し、ついに復讐を決意した。その標的として選んだのが、パーンダヴァ兄弟の孫のパリクシット王で、タクシャカは王の食べ物に毒を盛り、彼が瀕死の状態でもだえ苦しむようにした。王の家来たちは、ナーガの毒を消す方法を知る唯一の人物として、カシュヤパのある司祭に助けを求めた。しかし、そうなることを予想していたタクシャカは、あらかじめこの司祭を買収し、王を助けないように手を回した。その結果、パリクシットは激痛にもだえながら息絶えた。

　当然、息子のジャナメージャヤ王子は、父親が無残に毒殺されたことに激怒した。彼は兵を集め、大軍を組織し、タクシャシーラの都に攻め込んだ。ナーガたちは個々には強力だったが、人間たちのほうが数で勝った。王子の軍勢は城壁を突破し、都を徹底的に破壊して、タクシャカとその家来たちをふたたび荒野へ追いやった。今回、彼らはナーガをさらに激しく追撃したため、ナーガはとうとう国を追われ、自分たちの土地を失った。

　山賊となったナーガは、ジャナメージャヤがタクシャシーラの地に建設した新たな都を目指す旅人たちを恐怖に陥れた。今や王となったジャナメージャヤは、彼らの蛮行に憤慨し、地上からナーガを一掃するため、ふたたび軍隊を派遣した。タクシャカはまたしても敗れ、この世から撤退して、インドラ神のもとへ逃げ込もうとした。しかし、逃れるまえに、タクシャカとその副隊長たちは捕らえられ、ジャナメージャヤのまえに引き出されて、処刑を命じられた。

第 5 章　　　　　　　　　インドおよび南アジアのドラゴン

　そのとき、聖仙アースティーカが声を上げ、和解と許しを熱心に求めたため、王は考えを変えた。こうしてナーガたちは釈放され、タクシャシーラに戻ることを許された。残された時間を、彼らはそこで人間たちと平和に暮らしたという。

ガルーダ——ナーガの破滅

　カシュヤパ神には、13 人の妻がいた。カドゥルーはそのうちのひとりで、ナーガの母親である。カドゥルーは多くの子を望んだため、カシュヤパは彼女に 1000 の卵を授けた。卵はすべて孵化し、ナーガの王子へと成長した。一方、カシュヤパのもうひとりの妻ヴィナターは、子供は少数でいいが、それぞれが恐るべき力をもつことを望んだ。そこでカシュヤパは、ヴィナターにふたつの卵を授け、彼女はそれを 500 年にわたって温め続けた。やがて卵が孵化し、そのうちのひとつはガルーダという鳥族の王となった。

　ガルーダは強く美しい存在だった。その色鮮やかなワシの体は、金色と緑色の見事な羽根で覆われていた。また、翼は赤色で、胴体から 4 本の人間の腕が生えていた。頭は鳥だが、顔は人間で、その面立ちは黄金からできているかのように凛々しいものだった。

　ともにカシュヤパの妻であるヴィナターとカドゥルーは、じつは姉妹だった。あるとき、ヴィナターはカドゥルーと愚かな賭けをした。かなりの大博打で、負けたほうは勝ったほうの奴隷になるというものだった。ヴィナターは、聖馬ウッチャイヒシュラヴァスは全身白色であることに賭けた。一方、カドゥルーは、その馬の尾だけは黒いと主張した。実際、ウッチャイヒシュラヴァスは全身白色だったが、カドゥルーは黒蛇の息子たちを説得し、尾が黒く見えるように絡みつかせた。カドゥルーの説得と脅しを受け、息子たちはこの策略に加担した。尾が黒く見えたので、ヴィナターは賭けに負けた。ところが、ヴィナターを奴隷にするだけでは満足

97

PART 2　　　　　　　各地の文化に伝わるドラゴン神話

できなかったカドゥルーは、彼女の息子ガルーダも奴隷になるように要求し、ヴィナターはこの残酷な求めに応じた。ガルーダは、母親によって決められた自分の役目には従ったが、母親を騙したナーガへの憎しみは永遠に続くこととなった。

　ガルーダはついに、自分の運命を変える決心をした。彼はカドゥルーらに、どうすれば母親を自由にしてくれるかと訊いた。すると、不老不死の霊薬「アムリタ」を持ち帰ることができれば、ヴィナターを賭けから解放してやると言われた。ナーガへの憎しみは頂点に達したが、ガルーダは母親の解放を最優先に考えた。彼は何とかアムリタを手に入れ、それをナーガのところへ持ち帰った。しかし、彼らがヴィナターを解

アムリタの霊力

　ナーガが探し求めたアムリタは、万物の起源となった乳海から抽出された霊薬である。それは神々自身に不老不死の命を授ける薬で、（ほぼ）永遠とされる彼らの本来の寿命が尽きようとしたとき、初めてつくられた。死の危険を感じた彼らは、ナーガのヴァースキを使って乳海を攪拌し、万物の起源となった物質から、アムリタをはじめ、多くの驚くべき有益な成分を抽出した。

放しようとした瞬間、ガルーダは霊薬をばら撒き、永遠の命を得ようとするナーガたちの野望を阻止した。こうしてナーガをはじめ、すべての蛇たちの不倶戴天の敵となったガルーダは、この結末に満足することなく、蛇という蛇を食い殺すことに生涯を捧げた。

かわされたガルーダ

インドラ神の御者マターリは、娘のグナケーシーを、アリャカという立派なナーガの孫息子と結婚させたいと思った。アリャカのほうも、孫息子のスムカとグナケーシーの縁談を喜んでいた——実際、スムカは人間の姿をした美青年だった。しかし、アリャカはふたりの結婚を約束できなかった。というのは、鳥族の王ガルーダがスムカを食い殺すと宣言していたからだ（実際、スムカの父親であるアリャカの息子は、すでにガルーダに殺されていた）。

そこで狡猾なアリャカは、スムカをガルーダから守る方法をマターリが見つけてくれれば、ふたりの結婚を認めようと提案した。マターリはこれに同意し、さっそくインドラとヴィシュヌを説得し、スムカにアムリタを飲ませた。霊薬を飲んだスムカは、ガルーダの攻撃にも無傷でいられた。こうして若いふたりは結婚し、いつまでも幸せに暮らした。

神々の霊薬

amurita という語は、ギリシア語の ambrosia（アンブロシア、不死を意味する神々の飲み物）と同じ語源をもち、実際、意味もほとんど同じである。

ヴリトラ

　インドに伝わる最古のドラゴン神話のひとつには、ヒンドゥー教でも最強とされるふたりの神の戦いが描かれている。一方は、ヒンドゥーの代表的な神である軍神インドラで、雨を司り、生命と滋養の源として広く知られていた。

　もう一方は、インドラの最大の強敵といえる蛇の怪物ヴリトラである。巨大な体を山頂に横たえるヴリトラは、とくに干ばつの神として知られ、その膨らんだ腹に世界中の水を溜め込んでいた。インドラは、世界に豊饒をもたらすためには、この大蛇を滅ぼし、腹の水を解き放つ必要があると考えた。

　いくつかの物語によれば、両者は人類が生まれるまえの時代から何度も戦いを繰り広げてきた。太陽の引く戦車に乗り、稲妻の矢を射るインドラに対し、ヴリトラはそのしなやかな体でインドラに巻きついた。実際、一時はヴリトラがインドラを飲み込んだこともあったが、ほかの神々が介入し、インドラを吐き出させた。

　最後は最高神ヴィシュヌが介入し、両者の戦いをやめさせ、鉄、木、石でできたもので相手を攻撃してはならないと双方に命じた。また、濡れたものや乾いたもので攻撃することも禁じ、昼も夜も戦ってはならないとした。これによって事態は収まったかのように見えたが、それで大地に雨が降ったり、川に流れが戻ったりしたわけではなかった。

　そこでインドラは、何とか攻撃のチャンスを見出そうとした。ある日の夕方、太陽がちょうど沈もうとするころ、ヴリトラが海辺で寛いでいた。インドラはヴィシュヌの助けを借りて（結局、中立的な監視者とはいえなかった）、打ち寄せる波の泡に身を隠した——泡は濡れたものとも、乾いたものとも判断されなかった。そして太陽が沈み、昼でも夜でもなくなった瞬間、インドラは泡を装って敵に飛びかかり、ヴリトラの首を絞め、ついには息の根を止めた。

第 5 章　　　　　　　インドおよび南アジアのドラゴン

　ヴリトラが死ぬと、膨らんだ腹から大量の水が流れ出し、大地を潤し、川を生き返らせた。その水蒸気が上昇して雲になった様子は、まるで空に浮かぶ牛の群れのようだった。雲は空全体に広がり、たちまち雨が降り出した。

カルコータカ

　蛇王のカルコータカは、ニシャダ王国のそばの森に棲んでいた。伝説によると、カルコータカは、ヒンドゥー教の神々のなかでも屈指の聖仙ナーラダをゲームで騙し、彼を怒らせた。そのため、カルコータカはナーラダの呪いによって、森の王国の地面に縛りつけられてしまった。この呪いは、ナラ王と呼ばれる男が助けに来ないかぎり、永遠に解けないとされた。

　ナラ王は、カルコータカのいる森のそばのニシャダ王国の王だった。非常に有能でハンサムな彼は、馬術に長けていたほか、何と料理人としても優れていた。隣国ヴィダルバ王国の王女ダマヤンティーは、このナラ王を夫に選び、ふたりの結婚は両国から祝福された。博打に目がないという欠点はあるものの、善良で誠実な男だったナラは、立派な夫や王になろうと決意した。

　しかし、数年後、立派な王になろうとするナラの努力は破綻し始めた。カリという悪魔に取り憑かれた彼は、博打に明け暮れ、とうとうサイコロひとつで弟に王国を奪われてしまった。勝負に負け、面目を失ったナラは、王国を出て森へ逃れた。

　するといきなり大きな山火事が起こり、森が焼け尽くされそうになった。ナラが逃げようとすると、森の奥から助けを呼ぶ声が聞こえた。行ってみると、そこには呪いで身動きが取れないままのカルコータカがいた。ナラはすぐに助けようとしたが、両手が彼に触れた途端、カルコータカは呪いから解き放たれた。ふたりはいっしょに避難し、やがて親友になった。

　しかし、悪魔のカリはまだナラの体内に潜んでいると、カルコータカは

PART 2　　　各地の文化に伝わるドラゴン神話

インドラ神から警告された。そこで彼はナラを助ける計画を立てた。彼はナラに自分から離れて歩くように命じ、ナラは歩数を数えながら歩いた。すると10歩目で、カルコータカはナラに襲いかかった。彼はナラに噛みつき、その体を醜い矮人に変える毒を注入して、ナラがかつての王だと気づかれないようにした。

親友だと思っていた相手にこんな仕打ちを受け、腹を立てるナラに、カルコータカは計画を説明した。ナラは近くの王国へ行き、師のもとで修行して、悟りを得る。もし彼が王だと知られれば、修行のチャンスはない──だからこそ姿を変えたのだ。いったん悟りを得れば、悪魔は追い払われ、ナラは自分の運命を取り戻せる。そう言って、カルコータカはナラに1枚の衣を与えた。それをまとえば、もとの姿に戻れるという。

これほど寛大な行ないをしたにもかかわらず、カルコータカはそれきり物語から姿を消した。しかし、悟りを得たナラ王は、もとの姿に戻り、美しい花嫁といつまでも豊かに暮らしたという。

現代におけるナーガの遺産

インドには、蛇王カルコータカにちなんで名づけられた丘や寺院が、今も数多く残っており、なかには非常に有名なものもある。

パラヴァタクシャ

　パラヴァタクシャは、神々によってつくられた無敵の剣をもつ蛇王で、これは天の戦いにおいて失われた武器とされている。彼は下半身が蛇、上半身が人間で、剣を操れる人間の手をもっていた。その剣を操る者はけっして負けることがなく、刃を地面に打ちつけるだけで、地震を起こせるといわれた。

　にもかかわらず、パラヴァタクシャは温和な蛇だった。彼は１本の無憂樹のしたにある宮殿で暮らしていた。入り口は水で満たされた洞窟になっており、昼間は魔法で見えないようにされ、ただのぬかるみのようだった。しかし、いったん日が暮れると、入り口が見えるようになり、２羽の美しい白鳥が好んでその場所に着水した。

　ある日、ひとりの妖術師が森にいた。彼は魔法の呪文や薬をとおして、パラヴァタクシャの剣のことを知り、多くの若者を買収しては、剣の秘密やその所在について手がかりを得ていた。白鳥が洞窟の目印であることも知っていた。彼はどうしてもその剣を手に入れたかったが、剣は旅の途中で英雄たちの助けを得た者にしか奪えないという。数年がたち、まだパラヴァタクシャの洞窟を見つけられずにいた妖術師は、探索を諦めるしかなかった。彼は絶望して倒れ込み、しだいに痩せ衰えていった。

　そんな瀕死の妖術師を、たまたま勇敢な戦士の一団とともに森を通りかかった王が発見した。王はそれまでの経緯を聞き、妖術師が探し求めている剣のことを知ると、この老人の夢を叶えてやろうと助けを申し出た。王の家来が、ちょうどその前夜に白鳥の着水を見ていたため、彼らは妖術師をその場所に案内した——そこには１本の無憂樹がそびえ立っていた。

　王と妖術師は作戦を立てた。妖術師が魔法で洞窟の入り口を明らかにし、パラヴァタクシャを萎えさせる呪文を唱えて、蛇の戦闘力を奪う。そこへ王の家来たちが襲いかかり、蛇を殺して、剣を盗み出す。

　夕暮れに白鳥が着水すると、妖術師は作戦を開始した。魔法をかけた芥

子の種を池に投げ入れると、たちまち水が引き、宮殿につながる洞窟の入り口が露わになった。そのとき、大地が揺れ、空から激しい雷鳴が響いた。パラヴァタクシャが、ひそかに剣の刃を地面に打ちつけたのだった。王たちは震え上がったが、妖術師はひるまず、蛇を寄せつけない呪文を唱えた。一行は洞窟へとさらに近づいた。

　そこへ突然、洞窟から美しいニンフが現れた。見事な宝石を身にまとった彼女は、眠りを誘うような大きな黒い目が印象的だった。ニンフがその目を妖術師に向けると、彼の心はまるで槍が打ちこまれたようになった。彼女の美しさに魅入られた妖術師は、蛇除けの呪文を唱えるのも忘れ、押し黙ったまま、この絶世の美女をうっとりと見つめた。

　つぎの瞬間、ニンフは姿を消し、パラヴァタクシャ自身が穴から首をもたげた。目は怒りの炎で燃え上がり、無敵の剣はその手のなかで銀色に輝いていた。彼は一撃で妖術師を殺すと、その恐ろしい眼差しを、王と（英雄になるはずだった）戦士たちに向けた。真っ赤に燃え盛る石炭のような蛇王の目は、彼らの目を見えなくさせ、耳をつんざく雷鳴のような呪いは、彼らの耳を聞こえなくさせた。王の一行は恐怖のあまり、その場所を離れ、それぞれに異なる方向へ走って逃げた。彼らは互いに見ることも聞くこともできなかったため、誰もがひとりで何ヶ月もさまよう羽目になった。こうして十分に懲らしめられたのち、ようやく呪いが解け、彼らは王国へ戻った。

仏教神話のドラゴン

　ナーガは、ヒンドゥー教だけでなく、仏教の神話にも登場する。彼らは強くて賢い蛇神とされ、しばしば古来の竜伝説と融合する。チベットでは、ナーガは湖や地下を流れる川に棲み、財宝を守っているとされる一方、中国では、一般に竜と結びつけられる。

　ある物語では、人間の姿をしたナーガが、僧になりたいといって仏陀に

第5章　　　　　　　　　インドおよび南アジアのドラゴン

相談する。しかし、たとえ見かけが人間のようであっても、蛇が悟りを得たり、僧になったりすることはできない。そこで仏陀は、ナーガにそれでも高潔な生活を送ることが重要だと説いた。そうすれば、彼が生まれ変わったとき、人間としてこの世に戻れる可能性が高まるからだという。

　またべつの物語では、8歳の少女のナーガが人間の男に姿を変え、たちまち悟りを得る。ただ、この話はそれまでの神話と矛盾することから、悟りを得られるのは男だけという点を強調するため、意図的につくられたとも思われる。

　仏教の聖典でも、しばしばナーガが出てくる。彼らは、仏陀の言葉を聞きにやって来た信者として登場することが多い。ほとんどの場合、仏陀とナーガは、互いに大きな敬意をもって接している。

仏教のナーガ

仏教神話では、ナーガはたいてい頭や顔が人間で、体がキングコブラのような蛇という姿で描かれる。なかには複数の頭をもつナーガもいれば、コブラのような首のひだをもつナーガ、さらには人間に姿を変えられるナーガもいる（これは東アジアの多くのドラゴンに共通した特徴である）。

ムチャリンダ──仏陀を守ったナーガ

　ある有名なインド神話のひとつに、大きな湖の底の王国に棲む蛇王ムチャリンダの物語がある。菩提樹のしたで悟りを開いた仏陀は、深い森を旅しながら、しばしば長い瞑想をするために立ち止まった。あるとき、仏陀は瞑想に没頭するあまり、大嵐が近づいていることに気づかなかった。しかし、これを知ったムチャリンダが巣穴から出てきて、仏陀が瞑想している菩提樹に自分の体を巻きつけた。彼は頭をもたげ、首のひだを傘のように広げて、仏陀を嵐から守った。嵐は7日間続いたが、ムチャリンダはそのままずっと動かなかった。嵐が去ると、彼は人間の姿となって、仏陀に丁寧に頭を下げた。満足したムチャリンダは、ふたたび蛇の姿に戻り、王国へ帰っていった。このエピソードは、南アジアや東南アジアの芸術作品によく描かれ、ムチャリンダはたいてい7つの頭をもつ姿で表されている。

蛇王アパラーラ

　アパラーラの物語は仏教世界で広く知られ、その教訓としての効果から、よく子供たちに語られてきた。アパラーラは、人間の頭をもつ姿で描かれるが、その口には鋭い歯が並んでいる。上半身は人間のようで、翼はないが、力強く空を飛ぶことができる。一方、下半身は蛇のようで、長い尾を鞭のように打ちつける。また、背びれが背中から尾にかけて生えており、この背びれのおかげで、空中でも水中でも機敏に動き回ることができる。さらに、2本の足には、猛禽類のような鋭い鉤爪がついている。

　アパラーラは、現在のパキスタンにあるスワート渓谷に棲んでいたとされる。巨大な水竜で、雨や川の流れをコントロールすることができた。性格はだいたい穏やかで、農民たちのあいだでは、暴風雨や洪水、日照りを引き起こそうとするほかの悪竜から、人々を守ってくれていると信じられ

第 5 章　　　　　　　　インドおよび南アジアのドラゴン

ていた。そんなアパラーラの守護に感謝して、渓谷の人々は、古くから穀物の捧げ物を続け、アパラーラもこれを心から喜んでいた。

　ところが、アパラーラがつねに洪水や日照りから守ってくれたため、人々はしだいにその恩恵を当然のように思い始めた。穀物の捧げ物をする者も減り、アパラーラは自分が蔑ろにされたことに腹を立てた。そこで農民たちを懲らしめようと、彼はある年、渓谷に大洪水をもたらした。そして今度は、ひどい日照りで畑という畑を干上がらせた。自分の力と復讐心を誇示するため、アパラーラはさらに人々を苦しめ、彼らは安心して作物を育てることができなくなった。

　そんななか、仏陀がスワート渓谷へやって来た。アパラーラのせいで飢えに苦しむ人々を見て、仏陀は哀れに思い、アパラーラを探し出して、彼に声をかけた。仏陀は、こんなふうに人間たちを苦しめるのは間違っていると、アパラーラに説いて聞かせた。この思慮深い助言のおかげで、蛇王は自分の過ちに気づいた。

PART 2　　　　　　　各地の文化に伝わるドラゴン神話

　改心したアパラーラは、仏道に帰依した。彼は農民たちへの仕返しをやめると約束したが、12年に1度は大きな捧げ物をしてほしいと頼んだ。人々はアパラーラの恩恵に感謝し、その頼みを聞き入れた。以来、アパラーラは12年ごとに渓谷に恵みの雨を降らせ、穀物が余分に取れるようにした。農民たちはこの分を、アパラーラへの感謝のしるしとして捧げた。

文学に影響を与えたナーガ伝説

　ラドヤード・キプリングは、勇敢なマングース「リッキ・ティッキ・タヴィ」の物語のなかで、2匹の恐ろしいコブラをその英雄の敵役として登場させた。コブラはナグとナギナという名で、インドのナーガ伝説に影響を受けたことは明らかである。この冒険物語では、インドに住むイギリス人家族を脅かす2匹のコブラに対して、マングースが典型的なヒーローを演じている。

東南アジアのナーガ

　ナーガ伝説は、タイ、カンボジア、ラオス、ヴェトナム、マレーシア、インドネシアでもよく知られている。インド亜大陸のナーガと同じく、彼らは人間と蛇の混成である。なかには海に棲むものもいるが、多くは特定の川や湖を縄張りにして棲んでいる。また、姿形の特徴も地域によって異なる。マレーの船乗りたちは、古くからナーガを多頭の竜と信じていた一方、ラオスの人々は、ナーガをしばしば鋭い鉤状の嘴をもった水蛇として描いた。

108

第 5 章　　　　　　インドおよび南アジアのドラゴン

パヤ・ナーガ

　メコン川に棲むパヤ・ナーガは、ラオスやタイといった国々ととくに結びつきが強い。この蛇は、ラオスの初期の王国時代にさかのぼり、王都ヴィエンチャンを守ったとされる。パヤ・ナーガについては、ヴィエンチャン最後の王アヌウォンの歴史書に詳しく記されており、王都だけでなく、国全体の守護者だったといわれている。

　多くの人々が信じるところによれば、パヤ・ナーガは今もメコン川に棲んでおり、その存在は、「ナーガの火の玉」と呼ばれる不思議な自然現象によって証明されている。だいたいモンスーンの時季の終わりごろ、タイとの国境を流れるメコン川の川面から、鶏卵ほどの大きさの光球が浮かび上がる。川の堆積物の発酵作用によるなどと、退屈な科学的解釈がなされているが、そんな説明は地元の人々にはどうでもいいようだ。実際、「ナーガの火の玉祭り」といって、人々はメコン川で盛大な祭りを催してきた。この「ナーガの火の玉」が、ときには一度に何千と上空に浮かび上がるのを見ると、祭りの参加者たちの多くは、この火の玉をパヤ・ナーガの魔法の卵だと信じたくなるのだろう。

PART 2 　　　　　 各地の文化に伝わるドラゴン神話

蛇伝説における政治

　ある蛇伝説では、パヤ・ナーガがラオスの象徴とされる一方、その不倶戴天の敵として、さきに紹介した鳥王ガルーダが隣国シャム（現在のタイ）の象徴とされている。両国には対立と不信の長い歴史がある。これは蛇神話をとおして、人間社会の現実が描かれた例のひとつである。

カンボジア神話のナーガ──カーリヤ

　古代カンボジアの文化では、ナーガがその国の人々の創造神話に使われた。蛇王カーリヤの娘は、カウンディンヤという名のバラモンの僧と結婚した。つまり、カンボジアの民はふたりの子孫であり、人々の多くは、今も自分たちが「ナーガから生まれた」と信じている。

生き延びたカーリヤ

　ナーガ伝説の多くがそうであるように、蛇殺しのガルーダは、ナーガの生涯と出世の物語において重要な役割を果たしている。あるとき、鳥王ガルーダがこの世からナーガを根絶しようとしたとき、毒蛇のカーリヤはヤムナ川へ逃れた。彼は川の水に毒を注ぎ、川が両方向に何キロにもわたって毒で煮え立ち、岸辺の木々さえも枯らしてしまうほどに汚染した。しかし、１本の背の高い迦曇婆の木だけは生き延び、毒に侵された川の流れに大枝を伸ばしていた。

　ヤムナ川は、インド北部を流れるガンジス川の支流である。その一部は

110

第 5 章　インドおよび南アジアのドラゴン

ヴリンダーヴァン地方を流れており、そこに立派なヨーガ行者が住んでいた。彼はガルーダに呪いをかけ、この地に寄せつけないようにしていた。ガルーダから逃げることを余儀なくされたカーリヤは、鳥王が追ってこられないこの地を避難場所に選んだ。

一方、ヒンドゥーの主要な神のひとりであるクリシュナ——しばしば陽気な青年として描かれ、宇宙屈指の強力な神でありながら悪戯好きだった——は、ヤムナ川の岸辺で少年たちとボール遊びをしていた。クリシュナは迦曇婆の木に登り、ボールを捕ろうと川に手を伸ばしたが、ボールを捕り損ね、川に落ちてしまった。

驚いたカーリヤ

カーリヤはすぐに立ち上がり、ひだのある110もの首を川面へぬっと現した。彼は水に浮かぶ少年に毒を吐きかけ、自分の体を巻きつけると、少年を水中へ引きずり込もうとした。

しかし、蛇王は少年を押さえ込むことができなかった。クリシュナの体はどんどん大きくなり、ついにはカーリヤの緊縛が解けるほどに巨大化した。彼はクリシュナに110の頭で襲いかかったが、クリシュナはことご

とく攻撃をかわした。怒ったクリシュナは、ナーガの頭を踏みつけ始めた。体内に全宇宙を有する彼は、その重さでカーリヤを川底に押しやり、踏み潰そうとした。

　一方、カーリヤにはたくさんの妻がいた。少なくとも7人、おそらく100人もの妻がおり、彼女たちはこの蛇王を深く敬愛していた。夫の危機に際して、妻たちは一斉に川を泳いでやって来ると、クリシュナを取り囲み、両手を合わせて熱心に命乞いをした。勝ち目がないことを悟ったカーリヤも、妻たちの命乞いに加わり、クリシュナに敬意を表した。クリシュナに屈服したカーリヤは、自分の見えるところに来た者たちを二度と傷つけないと誓った。そこでクリシュナは蛇王を逃がしてやった。蛇王は海へと泳ぎ去り、遠く太平洋に出て、そこで新しいナーガの王国をつくった。残忍なガルーダが追ってくることもなく、彼らはいつまでも豊かに暮らしたという。

マレーシアとインドネシアのナーガ

　マレーの船乗りのあいだでは、古くから、ナーガは複数の頭をもつ水竜と信じられていた。一方、ジャワ島をはじめとする他の地域では、ナーガは、見事な財宝が隠された地下の宮殿に棲む半神半人として崇拝された。とくにインドネシアでは、ナーガは中国の竜と同じく、鉤爪のついた4本足の姿で描かれている。彼らは泳ぎがうまく、ときには漁師の網から魚を奪うこともあった。また、自然の美、とりわけ蓮の花を愛した。

　ほぼすべての文化に伝わるドラゴンや竜、あるいは大蛇と同じく、ナーガは東南アジア各地の文化で普遍的な役割を果たしている。スペイン人が

第 5 章　　　　　　　　　　インドおよび南アジアのドラゴン

やって来るまえのフィリピンでは、島民が使う剣の柄の装飾に、ナーガが使われていた。

チニ湖のナーガ

　マレーシアで2番目に大きな湖であるチニ湖をめぐっては、今もこんな伝説が語り継がれている。その昔、マレー半島の先住民たちは、定住先を探して細長い半島を南へ下った。島のほとんどは密林に覆われていたが、十分な耕作ができそうな草原地帯をついに発見した。彼らはそこに家を建て、作物を植えられるように草地を開拓し始めた。

　開拓が終わり、一期目の作物が植えられたある日、ひとりの見知らぬ老女が密林から現れ、杖をつきながら、足を引きずって彼らのほうへやって来た。

「お前たちはなぜここにいる？」と老女は訊ねた。「この地は私のものなのに、勝手に住むとは何事か！」

　人々は驚いた。「申し訳ありません。この地があなたのものとは知りませんでした」と首長が答え、「ささやかですが、どうか私どものお詫びの品をお受け取りください」。

　首長はそう言って、老女に食べ物や飲み物を差し出し、彼女が腰かけられる椅子も持って来させた。丁重に扱われた老女は、人々にそこへとどまる許可を与えることにした。しかし、帰り際、彼女はいきなり杖を地面に突き刺した。

「お前たちがここに住んでいるかぎり、この杖はけっして動かしてはならない」と警告し、老女はふいに姿を消した。

　まもなく黒い雲が空を覆い、雲から雷が響き渡った。嵐が押し寄せ、周囲の森に稲妻が走り、村落の家のひとつに落ちた。村人たちは慌てふためき、嵐を避けようと四方八方へ逃げた。そんな混乱のなか、土砂降りの雨にうろたえた男が、老女の突き刺した杖のところへ走り、よろめいた拍子

にそれを引き抜き、投げ捨てた。

　するとたちまち、杖があった場所から水が噴き出し、あっという間に村の中心部を水浸しにしたかと思うと、そのまま田畑全体を飲み込んだ。一方、杖は人間の頭をもつ大蛇と化し、怒りを露わにしたため、人々は密林へ逃げ込んだ。こうして村は湖の底に沈み、それ以来、湖はナーガの巣穴として知られた。

観光名所のナーガ

　チニ湖は現在、大規模な開発が進み、マレー半島南部で屈指の内陸観光地となっている。一部の地元住民によれば、この湖には今もナーガが棲んでいるそうで、大きな看板がそれを伝えている。実際、湖の一角にはいくつかの目印が置かれ、ボートで近づくことが禁じられている。この場所こそ、ナーガの棲み処だという。

第 6 章　　　　　　　　　　　　ヨーロッパのドラゴン

第 6 章
ヨーロッパのドラゴン

　ヨーロッパの人々がイメージしたドラゴンは、アジアの神話に出てくる竜や大蛇とは大きく異なっていた。北欧神話など、ヨーロッパのドラゴン伝説の多くは、紀元前にさかのぼるが、キリスト教の影響を受け、道徳物語へと発展する傾向があった。ヨーロッパ神話におけるドラゴンは、人間の役に立つことはめったになく、中立的でもなかった。彼らはほとんどいつも強欲で、火を噴いては弱い者を痛めつけていたため、勇敢な英雄によって退治されるべき存在だった。
　そのせいか、ヨーロッパのドラゴン物語の多くでは、ドラゴンよりも、ドラゴンを退治する人間のほうに重きが置かれている。実際、大勢の英雄たちがこの役割を担ってきた。彼らのなかには王や貴族もいるが、興味深いことに、身分の低い若者もいる。道徳物語の多くがそうであるように、こうしたドラゴン物語でも、しばしば立派な若者が主人公とされ、危険な難業を成し遂げることにより、褒美として富や肩書き、あるいは王女を花嫁に得たりする。

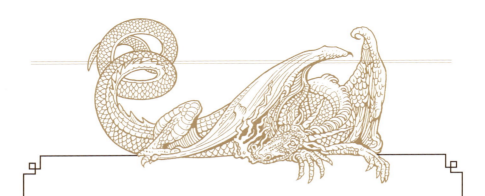

四大、生ける被造物(やから)の知らぬ、

名と形もてる地水火風は、『不滅の薔薇』をつみとった。

かくて『七つのともしび』は旋回しこごみつつ泣いた。

されど『極竜』は熟睡に陥(お)ちた。

いとも重きその環はほどけ伸び、輝ける深みより深みへ伸びる。

いつなるぞ、彼が熟睡から醒めるのは。

——ウィリアム・バトラー・イェーツ「イーヅ、四大に祈願す」(尾島庄太郎訳)より

第 6 章　　　　　　　　　　　　　　　　　　　　ヨーロッパのドラゴン

北欧神話とスカンディナヴィアのドラゴン

　スカンディナヴィアの神話は、デンマーク、ノルウェー、スウェーデンの先人たちによって生み出され、今も広く知られている。神々の王オーディンは、雷神トールや、悪戯好きの厄介者ロキのような仲間たちとともに、小説や映画、漫画など、あらゆるものにインスピレーションを与えてきた。驚くことではないが、そんな北欧神話にも、ドラゴンが主役の物語がいくつかある。

ミズガルズの蛇

　ヨルムンガンドという名のこの生き物は、大地をぐるりと取り巻き、さらに自分の尾をくわえられるほどに長大だった。このミズガルズの蛇は、邪神ロキと女巨人アングルボザの息子だった。オーディンによって不滅の王国から追放されたこの蛇は、囚われの状態から抜け出せないように、自分の尾をくわえたまま海底で生きることを余儀なくされた。

　雷神トールは、そんなミズガルズの蛇にとって因縁の敵となった──おそらく、この激しやすい雷神への策略に加担したせいだろう。あるとき、

PART 2　　　　　　　　各地の文化に伝わるドラゴン神話

巨人の王がトールの力を試すため、ペットの猫を床から持ち上げてみるように言った。猫はとくに大きくなかったが、その正体はじつはヨルムンガンドで、この大蛇と同じだけの重さがあった。トールは、猫の片足が床をわずかに離れるほどにしか持ち上げられなかった。巨人の王は、それでもトールの力を褒め称えた——大蛇の体を一部でも持ち上げるには、並外れた力が必要だった——が、トール自身はこのいかさまを許しも、忘れもしなかった。

　またあるとき、トールは巨人のヒュミルと釣りに出かけることにした。ヒュミルが餌を用意しようとしないので、トールは自分のハンマーを使って、ヒュミルのお気に入りの雄牛の頭を叩き割った。この雄牛の頭を釣り餌にして、ふたりは2頭のクジラを捕まえようと海へ漕ぎ出した。しかし、クジラだけでは物足りなかったトールは、ヒュミルの反対を押し切って、さらに遠くの海へと向かい、雄牛の頭がついた釣り針を海中深くへ投げ込んだ。

　すると釣り糸に、船がひっくり返りそうなほどの強い引きを感じた。トールが引っ張り上げると、針にかかっていたのはヨルムンガンドだった。口から毒液と血を滴らせ、トールを脅すように睨みつけたヨルムンガンドは、シューッと音を立て、口を大きく開いて、釣り針を外そうと頭を激しく動かした。船が転覆するのではないかとヒュミルが慌てる一方で、トールはハンマーを引っつかみ、蛇の頭を叩き潰そうとした。しかし、彼が一撃を加えようとしたその瞬間、ヒュミルがぷつりと釣り糸を切り、ヨルムンガンドは波間へ戻っていった。

第 6 章　　　　　　　　　　　　　　　ヨーロッパのドラゴン

神々の黄昏──トールとヨルムンガンドの最後の戦い

　予言によれば、トールとヨルムンガンドは、終末戦争（ラグナロク）の日にふたた
び対決することになっていた。つまり、神々の世界が終わりを迎
え、人間の王国として生まれ変わる運命のときである。その日、
大規模な戦争が勃発し、神や巨人、悪魔、怪物のすべてが、生
き残りをかけて戦うことになった。この壮絶な終末戦争の物語
は、北欧神話群のクライマックスとして語られている。

　戦争が始まると、ヨルムンガンドは口にくわえていた尾を放し、
陸へ上がり、そこでトールと最後の戦いを繰り広げた。ヨルムンガ
ンドが尾を激しく打ちつけ、トールに襲いかかると、トールは攻撃を
かわし、大蛇に雷電を浴びせた。

　最終的に、トールはハンマーを振り上げ、蛇の頭を叩き潰して
殺した。彼が勝ち誇って拳を突き上げ、勝利の場面から意気揚々
と立ち去ろうとしたそのとき、傷ついて血まみれになったヨルムンガ
ンドの体から、最後の息が吐き出された。その毒気を吸い込んだ
トールは、宿敵の死骸のそばに倒れて死んだ。

竜のファフニール

　北欧神話に伝わる豊富な物語には、洞窟で財宝の山を抱えるファフニールの話もある。この財宝には、邪神ロキが小人から奪ったという魔法の指輪が含まれていた。それは計り知れない価値をもつ宝物だったが、持ち主に永遠の不幸をもたらすという呪いがかけられていた。ファフニールはもともと小人として生まれたが、財宝に目がくらみ、父親を殺した——そのなかに指輪もあった。興奮と恐怖のなか、ファフニールは財宝を抱えて逃げた。彼は大量の宝を手にして喜ぶ一方、誰かが追ってくることを死ぬほど恐れた。

　ようやく山の洞窟に身を隠した彼は、財宝の山を築き、そのうえに体を投げ出した。そうやって長い年月にわたって財宝を守るうち、ファフニールは、欲深さと利己心から毒蛇になり下がり、宝を奪おうとする愚か者を殺すことしかできなくなった。彼の体は蛇のように長くなり、鱗に覆われ、革状の巨大な翼が生えていた。また、毒が全身の血管を侵し、息を汚した。こうして小人だったファフニールは、竜のファフニールになった。

　一方、財宝は多くの者たちに狙われ、そのなかにはファフニールの弟レギンも含まれていた。レギンは財宝の値打ちを知る一方で、竜の恐ろしさも知っていた。誰かこの竜を殺してくれる者はいないかと考えたレギンは、王の息子シグルズがその役にふさわしいと思った。主神オーディンの血を引くシグルズは、父親から魔法の剣を受け継いでいたが、その父親は殺され、剣は３つに打ち砕かれていた。レギンは、シグルズにある計画をもちかけた。自分がシグルズの剣の修復を手伝い、財宝のある場所へ案内する。シグルズが剣をうまく操れば、ふたりともの竜の宝で大金持ちになれる……というものだ。

　シグルズとレギンは、いっしょに剣を鍛え直した。レギンは優れた鍛冶師だったが、結局のところ、剣を破片から蘇らせたのは、シグルズ自身の技術であり、父から受け継いだ血統だった。試行錯誤を繰り返したのち、

彼らはついに剣の鍛え直しに成功した。シグルズは新たに甦った剣を手に取り、金床を真っぷたつに切ってみせた。ついに、大いなる冒険に向けた剣の準備ができたのである。

竜の巣穴

レギンは、シグルズをファフニールが潜む洞窟へ案内した。若い王子は、川岸のぬかるみに残された竜の巨大な足跡を見て、恐怖に身を震わせた。毎朝、竜はその川に水を飲みにやって来るという。狡猾なレギンは、大まかな計画を説明した。まずシグルズが川岸に深い穴を掘り、魔法の剣を持って隠れる。ファフニールがやって来て、柔らかい下腹部が穴のうえを通ったとき、シグルズが上向きに剣を突き刺し、竜を殺すというものだった。

シグルズが穴掘りを始めると、レギンは十分に離れたところまで引き下がった。穴が深くなると、ひとりの老人が近づいてきた。彼は明らかにシグルズの目的を知っているようで、満足そうにそれを眺めた。最後に彼は口を開き、初めに掘った穴のそばに浅い穴を掘り、人ひとりが入れるだけの小さな壕をつくるように助言した。

「さもないと、竜の血にやられてしまう」と老人は説明した。「それに小人のレギンは、このことを十分承知している。奴はお前を見殺しにして、財宝を独り占めする気だ」。

シグルズは、その老人がほかでもないオーディンであることにすぐ気づいた。彼は抜かりなくオーディンの助言に従い、竜の毒血を浴びかねない深い穴のそばに、小さな穴を掘った。夜明けの霧が森に広がるころ、足元の地面が揺れ、竜の大きな足音が響いた。シグルズは穴に入って身をかがめ、竜が毒気を放ちながら、ドシンドシンと音を立てて通り過ぎるのを、息をひそめて待った。そして竜の腹がちょうど頭上に来たとき、シグルズは剣を深く突き刺し、すばやく浅いほうの穴へ転がり込んだ。

竜は唸り声を上げながら、激しく体を揺らし、尾を打ちつけ、毒牙をむいて襲いかかったが、シグルズには届かなかった。血が流れ出ると、竜のもがきは少しずつ弱まり、ついに息絶えた。血は深いほうの穴へ流れ込んだが、シグルズは、あの老人の助言に従って掘った浅いほうの穴に逃れ、血をかぶらずに済んだ。

そこへ隠れていたレギンが出てきて、財宝を自分のものにしようと竜の洞窟へ駆け込んだ。ところが、彼がひどく驚いたことに、そこには死んだはずのシグルズの姿があった。狡猾なレギンは、シグルズに竜の心臓を料理するように頼み、それを勝利の記念として食べようと提案した。

果たされた正義

レギンのことをまだ信用できなかったシグルズは、これに同意しながらも、けっして油断はしなかった。彼は竜の死骸から心臓を取り出し、それを火で炙り始めた。ところが、均等に焼けるように心臓を裏返したとき、竜の血がジュージューと音を立て、その汁が指に飛んできた。シグルズが思わず指を舐めると、不思議なことが起こった。周囲の木々でさえずる鳥たちの言葉がわかるようになったのである。

鳥たちによれば、その心臓を食べた者は、永遠の知恵を得られるという。さっそくそのおぞましい内臓を食べたシグルズは、レギンが財宝を独り占めするため、自分を殺そうとしていることに気づく。こうしてレギンの策略を知ったシグルズは、反対にレギンを殺し、財宝を自分のものにした。言うまでもなく、これはその後のさまざまな冒険へとつながるが、すべては名剣をもつこの英雄が、竜のファフニールを殺したことから始まった。

第6章　　　　　　　　　　　　ヨーロッパのドラゴン

ファフニールの物語の発展

この物語は、当初は北欧神話の伝説として語られ、のちに多くの
物語の土台となった。シグルズは、ジークフリートという名に変わ
り、リヒャルト・ワーグナーの傑作『ニーベルングの指輪』をはじ
め、ゲルマン神話における中心人物となった。そこでは、キリスト
教の精神が復讐のテーマと結びつけられている。折れた剣の鍛え
直しや魔法の指輪といったほかの要素も、J・R・R・トールキン
の傑作『指輪物語』の主要なモチーフとなった。

ベーオウルフと火を噴くドラゴン

　ベーオウルフ王は、スウェーデン南部の王国イェータランドを、50年
にわたって平和と繁栄のうちに支配してきた。若いころ、王はデンマーク
へ旅し、フローズガール王の王国を12年も荒らし回っていたグレンデル
という凶暴な怪物と戦い、大きな名声を得た。ベーオウルフはグレンデル
を退治し、さらにその復讐にやって来た母親の怪物も退治して、偉業を重
ねた。その見返りとして得た品々や名声のおかげで、スウェーデンに帰っ
たベーオウルフは、みずからの王国の君主となった。彼はイェーアト族を
支配し、王としての年月のほとんどを平和に過ごした。

　ところが晩年、ベーオウルフは、ある最後の試練に直面した。それは、
彼が若いころに退治したよりもずっと恐ろしい生き物に立ち向かうこと
だった。そもそもこの怪物が目を覚ましたのは、愚かな召使いが些細な罪
の罰を逃れようと、農場から逃げ出したせいだった。逃げた召使いは、隠
れる場所を求めてさまよい、海岸の崖のうえに巨大な塚を見つけた。

123

PART 2　　各地の文化に伝わるドラゴン神話

　召使いはそっと塚の穴に入っていったが、それは長く忘れ去られていた貴族の墓地だった。用心しながら暗闇を進むと、目のまえの小部屋がぼんやりとした光に照らされている。さらに近づいてみると、大きな財宝の山が目に入り、召使いは興奮した。金貨や剣、宝石を散りばめた甲冑など、きらきらと輝く宝物がうず高く積まれている。これらは過去の偉大な王の副葬品に違いなかった。しかし、そのとき初めて、召使いは光の源が何なのかを知った。それは、眠っている巨大な竜の鼻孔から発せられる炎だった。

　とはいえ、召使いはこの機会を逃すわけにはいかなかった。もしこの財宝のひとつでも王のもとへ持ち帰ることができれば、罰を逃れられるかもしれない……。そう思った召使いは、こっそり金杯を手に取ると、塚を出て、来た道を走り出した。

目覚めた竜

　一方のドラゴンは、竜の特徴として、自分の所有物に対する貪欲な目をもっていた。眠りから覚めた途端、ドラゴンは金杯が盗まれたことに気づき、怒り狂った。300年間もずっとその塚に身を潜めていたドラゴンは、塚から姿を現すと、イェータランドを飛び回り、人間たちを見つけては、その町や農場に火をつけた。

124

第 6 章　　　　　　　　　　　　　　　　　　　ヨーロッパのドラゴン

　事態を受けて、ベーオウルフは自分がこの怪物を退治しなければならないと思ったが、年月の重みはいかんともしがたかった。王の務めだとはわかっていても、これはもはや若いころに思い描いたような冒険ではない。それでも王は、宿命としか言いようのない責任と悲しみを背負って、この新たなる最後の冒険に乗り出した。

　彼は入念に戦いの準備をした。鎖帷子を身につけ、顔に覆いがついた鉄の冑をかぶり、帯には丈夫で頼りになる剣を差した。ドラゴンの火の息にも耐えられるように、彼はいつものシナノキの盾の代わりに、鉄の盾を鍛冶師につくらせた。こうして武装した王は、少数の忠実な家臣とともに、旅に出発した。金杯を盗み、災いの発端をつくったあの召使いが、ドラゴンの巣穴となっている塚へと一行を案内することになった。

ホビット族

　J・R・R・トールキンの『ホビットの冒険』のファンならば、この伝説が、『指輪物語』へとつながるストーリーの土台になっていることに気づくはずだ。主人公のビルボは、邪竜スマウグの巣穴から金杯を盗み出す。目を覚ましたドラゴンは、金杯がなくなっていることに気づき、はなれ山から姿を現し、村を炎と恐怖に陥れる。

125

ベーオウルフの最後の戦い

　家臣たちがそんな恐ろしい敵とは戦いたがらないと悟って——あるいは失望して——か、ベーオウルフは自分ひとりで塚に近づき、怪物と戦うと宣言した。ただひとり、ウィグラフ——一行のなかで最年少の若者で、王の血族——だけが、ベーオウルフに同行すると申し出たが、王はそれを認めなかった。彼はひとりで塚の入り口に近づき、なかにいる怪物を挑発した。

　ドラゴンは火を噴きながら姿を現し、いきなり襲いかかった。炎の渦は、王の鉄の盾によって一部はかわされたが、それでもその地獄の猛火は王の髪を焦がし、顔に火脹れをつくった。王は剣を上向きに突き刺したが、その刃はドラゴンの硬い皮膚をこするだけだった。またしてもドラゴンが火を噴き、王は想像を絶するほどの試練にさらされた。

　ベーオウルフの背後では、凄まじい光景に震え上がった家臣たちが、くるりと背を向け、近くの森へ逃げ込んだ。ウィグラフだけが、勇気と機知をもち続けた。剣を握り締めた彼が、王を助けようと前進する一方、ベーオウルフは何度もドラゴンの首や頭を突いた。ところが、そのうちの一撃が骨に当たったせいで、剣が砕け、王は決定的な局面で攻撃の手段を失った。

　ベーオウルフが短剣を引き抜こうとするまえに、ドラゴンはすかさず頭を振り下ろし、王の盾を叩き落とした。鋭い毒牙が王の首に突き刺さり、血が抜かれると同時に、毒液が注入された。傷ついた王がよろめきながら後ずさりすると、ドラゴンはふたたび襲いかかった。

　しかし、今度はウィグラフがそこにいて、王のそばで身をかがめていた。竜の喉もとの鱗に肉質の隙間があるのを見た彼は、剣を上向きに突き刺し、顎を貫通させて、ドラゴンを撃退した。竜はふたたび彼らに火を噴いたが、その猛火は弱まっていた。

　ベーオウルフは短剣を引き抜き、ウィグラフは剣を掲げた。ふたりは

もに前進し、ドラゴンを何度も切りつけ、鱗にできた割れ目から剣を深く突き刺した。とうとう竜は崩れ落ち、息絶えて、血の海に横たわった。そしてついには王も毒にやられ、竜のそばに倒れ込んだ。

　絶望したウィグラフは、王を励まそうと財宝を腕いっぱいに抱えて持ち出したが、もはや王を救うことはできなかった。死ぬ間際、ベーオウルフはこの財宝を埋めるように命じ、自分を見捨てて逃げた不実な家臣たちには渡さないように指示した。今になっておずおずと戻ってきた家臣たちは、うしろめたい思いで恥じ入った。そんな彼らと財宝に囲まれて、イェータランドの王ベーオウルフは息を引き取った。

　王は、海を臨む崖のうえの塚に埋葬されることになった。王位はウィグラフによって継承され、ベーオウルフの偉大さを伝える英雄叙事詩は、それから何世紀にもわたって、ヨーロッパの人々のあいだで語り継がれる伝説となった。

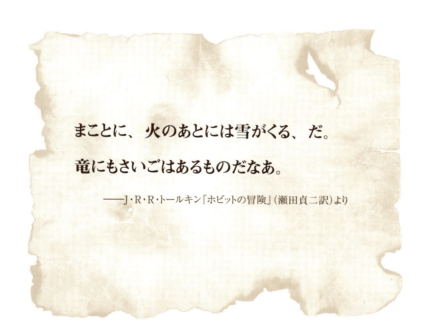

まことに、火のあとには雪がくる、だ。
竜にもさいごはあるものだなあ。

　　　——J・R・R・トールキン『ホビットの冒険』(瀬田貞二訳)より

PART 2 　　　　　　　　各地の文化に伝わるドラゴン神話

古英語の叙事詩

ベーオウルフの叙事詩は、もともとデンマークでの偉業によって名
声を築いたスウェーデン出身の英雄が主人公だが、英語で書かれ
た最古の文学作品のひとつとされている。古くからの口伝の物語
として、多くの語り部たちが伝承に寄与してきたと思われる。確か
なのは、紀元 1000 年ごろに修道士によって最初の写本がつくら
れるまで、この物語は何世紀にもわたって、暖炉や焚き火、ある
いは王座を囲んで語り継がれてきたということだ。

ニドホグと世界樹

　北欧神話の世界観を象徴し、ほかの多くの神話に共通する要素でもある
のが、世界樹ユグドラシルである。これは世界の土台となっている、ある
いはその中心に立っているとされる神聖な大樹で、あらゆる生き物が、そ
の大きく広がった枝葉のうえに存在すると考えられた。天まで届くほどに
高く伸びたトネリコの木として描かれるユグドラシルは、3 本の太い根に
よって支えられ、根はそれぞれ別個の聖なる泉につながっていた。
　ユグドラシルは、そこに棲む動物たちのせいで数々の危機にさらされた
が、なかでも危険だったのは、3 本の根のひとつをかじるニドホグという
蛇によるものだ。いくつかの物語では、この蛇が地上に現れるのを 3 本の
根が阻止しているとされている。一方、どの物語にも描かれているのが、
ユグドラシルの幹を上下に駆け回り、根元の蛇と樹上の鷲とのあいだで、
メッセンジャーの役割を果たしている元気なリスである。

第 6 章　　　　　　　　　　　　　　　　　ヨーロッパのドラゴン

「黙れ、ケント！

龍の怒りの前に立とうとするな」

──シェイクスピア『リア王』（小田島雄志訳）より

古代イングランドのドラゴン

　ドラゴンは、イギリスの伝承において特別な位置を占めている。アーサー王の父はウーゼル・ペンドラゴンという名であったほか、イングランドの王たちの旗は、しばしばドラゴンの紋章で飾られていた。ヘイスティングズの戦いで死んだイングランド王ハロルド2世は、1066年のノルマンディー公ギヨーム2世によるイングランド侵攻および征服の様子を描いた有名なバイユーの壁掛けに、白いドラゴンの旗を持った姿で登場している。

　白いドラゴンと赤いドラゴンは、それぞれイングランドとウェールズの敵対関係を何世紀にもわたって象徴してきた。また、ウェセックスのアン

PART 2　　　　　各地の文化に伝わるドラゴン神話

グロ＝サクソン人の王国では、古くから金色のドラゴンが紋章とされた。

　しかし、ドラゴンのイメージが紋章よりもはるかに強く印象づけられているのは、イギリスの文学や子供向けの寓話である。この小さな島国は、今日まで受け継がれる重要なドラゴン伝説を、いくつも世界にもたらしてきた。

モーディフォードのワイヴァーン

　イングランド南西部のヘレフォードシャーにあるモーディフォードという村に、モードという少女がいた。彼女はペットを飼いたくてたまらなかったが、両親——とくに厳格な父親——は、娘が犬や猫を飼うことを許さなかった。そのため、少女は近くの森に棲む動物たちをかわいがり、餌をやったり、世話をしたりして仲良くなった。そんなある日、少女は森で、翼のある小さな生き物を見つけた。2本足でよちよち歩き回っては、花畑で匂いを嗅いだりしていたが、臆病なのか、モードが近づくとすぐに飛び去ってしまう。

　そこで、利口な少女はミルクの入った小皿を持ってきて、その小さな生き物を自分の膝のうえにおびき寄せた。生き物はぴちゃぴちゃと元気にミルクを飲んだ。愛らしい生き物を見つけて大喜びの少女は、それを家に連れて帰り、両親に自分の新しいペットだといって得意げに見せた。両親はふたりとも愕然とした。というのも、その生き物はワイヴァーン——2本足の伝説のドラゴン——の赤ちゃんだったからである。ふたりはモードに、その幼獣を見つけた場所に戻してくるように命じた。

　しかし、利口なばかりか、強情でもあった少女は、ワイヴァーンの赤ちゃんを手放す代わりに、森の秘密の空き地に檻をつくり、それを飼うことにした。彼女は毎日、ミルクを持って森へ通った。ワイヴァーンはそのミルクでどんどん成長し、しだいに竜本来の性質を現し始めた。やがてミルクでは満足できなくなったワイヴァーンは、檻から抜け出し、森の奥へ

130

第 6 章　　　　　　　　　ヨーロッパのドラゴン

と飛び出した。

高まる脅威

　少しのあいだ、ワイヴァーンは森で捕まえた小動物を食べて生き延びたが、体が大きくなるにつれ、食欲も増した。そのため羊を殺して食べ、つぎに牛を殺して食べた。牛の飼い主だった農夫が事態を悟ると、モーディフォードの村人たちは鎌や熊手を手に取り、ワイヴァーンを退治しようと森へ入っていった。

　しかし、ワイヴァーンはあまりにも俊敏だった。男たちが探し回るなか、ワイヴァーンは彼らの頭上を舞い、村を襲い、ついには丸々と太った男の子を食い殺した。モードがワイヴァーンを見つけて近づくと、竜は優しい愛情を示し、彼女を傷つけようとはしなかった。とはいえ、モードもワイヴァーンを手なずけることはできず、怒った村人たちが近づくと、竜はたちまち飛び去った。

　人間の味を知った竜はそれを好物とし、何度もモーディフォードの村人たちを襲っては餌食にした。絶望した村人たちは、近くに住む貴族に助けを求めた。するとガーストンという名の男が竜退治に名乗りを上げた。（いくつかのバージョンでは、ガーストンは死刑囚で、竜退治に成功すれば自由の身になれると約束された。またべつのバージョンでは、ガーストンは貴族の一員で、勇気と道義心から竜退治を申し出た）。

　ガーストンは罠を仕掛けた。彼は大きくて丈夫な樽を用意し、その外側にびっしりと刃や釘を打ちつけた。その樽をワイヴァーンが通るという道に置き、ガーストンが拳銃を持ってなかに入り、覗き穴からそとの様子をうかがった。

　しばらくするとワイヴァーンが近づいてきて、樽のなかの人間の匂いを嗅ぎつけた。そして頑丈な樽にかぶりついたが、それを割ることはできなかった。そこでワイヴァーンは、蛇のような体を樽に巻きつけ、ぎゅっと

131

PART 2　　　　各地の文化に伝わるドラゴン神話

締めつけて押し潰そうとした。しかし、樽を割るどころか、その表面を覆う刃や釘のせいで、ワイヴァーンの体は傷だらけになった。竜が体力を消耗し、衰弱したところで、ガーストンが覗き穴から拳銃を撃ち、竜は衝撃で倒れ込んだ。

　ガーストンはここぞとばかりに樽から飛び出し、ナイフで竜の頭を切り落とした。

　近くでこれを見ていたモードは、最愛のペットの死に泣き叫んだが、ワイヴァーンはすでに息絶えていた。この物語の少なくともひとつのバージョンでは、竜は最後まで反撃しようともがいたらしい。そのバージョンでは、ガーストンがワイヴァーンの頭を切り落とした瞬間、竜の肺から毒気が噴き出し、これを吸ったガーストンも死んだとされている。

ラムトンのワーム

　イングランドのダーラム州ファットフィールドには、今もワーム・ウェル（竜の井戸）やワーム・ヒル（竜の丘）として知られる場所がある。

ワームとは、長虫とも呼ばれ、蛇のような足のない竜を意味する。これらの地名は、ある邪悪なワームに由来している。一方、この伝説には、ペンショー・ヒルを舞台とする別バージョンもあり、そこには今も記念碑が建っている。

物語のどのバージョンにも共通しているのは、ジョン・ラムトンという怠け者の若い貴族がいたことだ。彼は社会や年長者からの批判に反抗していた。その怠け癖を象徴するように、ジョンは教会へ行くべき日曜日に、いつも釣りに出かけた。ある日、見知らぬ老人が近づいてきて、彼にそんな無責任な態度は悪い結果にしかつながらないと説教した。しかし、ジョンはこの説教を笑い飛ばし、釣りを続けた——が、礼拝の終わりを告げる教会の鐘が鳴るまで、魚は1匹も釣れなかった。

そんなとき、小さなウナギか蛇のような生き物が釣り針にかかった——これには短い足があり、体長は150センチほどだったとするバージョンもあれば、人間の親指ほどの大きさだったとするバージョンもある。気味の悪い獲物に嫌悪感を覚えたジョンは、仕方なく家に向かったが、途中でふたたびあの老人に会った。老人は、ジョンが釣ったのは悪魔ではないかと言った。

またしても老人の言葉を笑い飛ばしたジョンは、その蛇のような生き物を村の井戸に投げ入れ、そのまま普段の生活を送った。物語によると、彼はその後、立派な大人に成長し、若いころの怠惰な生き方を償うため、十字軍に参加して聖地へ赴いた。彼は7年間、故郷を離れることになったが、留守のあいだに村は深刻な状況に陥った。若いころのジョンが、あの蛇のような生き物を投げ入れた井戸——村人には知られずに——の水が毒化したのである。井戸は便利な場所にあり、何世紀も昔から清水の源として親しまれていたが、見捨てざるを得なかった。それからまもなくして、地元の農場から家畜が姿を消すようになり、村に魔物がいるという噂が広まった。

村人たちにとって恐ろしいことに、ウィア川には竜が棲みついており、

PART 2　　　　　各地の文化に伝わるドラゴン神話

夜になると餌を探しに出てくるようだった。竜はあの見捨てられた井戸から出て、近くの丘を少なくとも7重に取り巻けるほど巨大化したらしい。牛や羊が食い殺され、幼い子供が何人か姿を消したのも、この竜のせいだった。数人の村人が竜を退治しようと出て行ったが、全員が命を落とした。また、ふたりの剣士が何とか竜の体の一部を切り落としたが、竜は彼らを殺したあと、血まみれの肉片をふたたびその巨体につけ直した。

　竜はとうとうウィア川を渡り、ラムトン・ホールのほうへ這い出した。それはラムトン家の館となっている先祖代々の屋敷で、年老いたジョンの父親が今も領主として管理していた。召使い頭の助言に従って、領主は大きな桶に牛9頭分、約80リットルに相当する牛乳を入れるように命じた。牛乳の匂いを嗅ぎつけて近づいてきた竜は、それを飲み干し、腹が満たされると、丘に戻っていった。

　あるとき、通りがかりに村を訪れた騎士がこの話を聞き、竜退治を申し出た。彼は槍を持って攻撃したが、竜は長い尾で木々を根こそぎにすると、その太い幹を棍棒にして、騎士を殴り殺した。竜は毎日、ラムトン・ホールへやって来て、桶いっぱいに牛乳が入っていないと、近くの木を引き抜き、それで桶を粉々に叩き割った。竜は丘に巻きついて眠ることもあれば、川に戻って岩に巻きつくこともあった。

　こんなことが数年続き、ついにジョン・ラムトンが十字軍から帰還した。ところが、父親はすっかり痩せ衰え、ラムトン家の領地は、あの欲深い竜のせいで荒れ果てていた。ジョンは、昔、釣りをしていたときに会ったあの老人に再会した。老人の警告を思い出したジョンは、竜があのとき捕まえた蛇ではないかと考えた。悲しみと義務感から、彼は何としても自分が竜を退治しなければと思い立った。

　竜に立ち向かった者たちがみな命を落としたことを知り、ジョンは魔女と噂される思慮深い老女に助言を求めた。老女はジョンに、槍の穂を全体に打ちつけた甲冑を着るように言った。そしてさらにこう続けた――もし竜退治に成功したら、竜が死んだあとに最初に見た生き物も殺さなくては

ならない。これを怠れば、今後9代にわたって一族に呪いが降りかかる……。

　ジョンは、老女に言われたとおりに甲冑を用意した。そして竜退治に成功したら、合図として狩猟用ラッパを3回吹くことにした。ラッパの音を聞いたらすぐに、父親がジョンの猟犬を放し、主人のもとへ走らせることになっていた。人間の代わりに犬を殺すことで、ジョンは老女の言った呪いを避けられると考えた。ジョンは準備を整えると、川岸で竜を見つけ、自分を攻撃するように仕向けた。竜はジョンの体に巻きつき、彼を絞め殺そうとした。ところが、締めつければ締めつけるほど、甲冑につけられた槍の穂が竜の体に食い込んだ。切り裂かれた竜の肉片は川に落ち、流れに運び去られて、もはやつけ直すことはできなかった。竜はついに血まみれになって息絶え、ジョンはその頭を切り落とした。

　彼は計画どおりにラッパを吹いた。しかし、父親は勝利の知らせに喜ぶあまり、犬を放すことを忘れ、川岸へ走り出た。ジョンは父親を最初に目にすることになったが、親を殺すことはできなかった。ジョンは代わりに、そのすぐあとにやって来た猟犬を殺したが、呪いは避けられなかったようだ。記録によれば、ラムトン家の男たちは、それから何代にもわたって悲劇の死を遂げたという。

PART 2　　各地の文化に伝わるドラゴン神話

ナッカー

　ナッカーとは、イングランド南部のよどんだ沼や池、汚水溜めに棲んでいた水竜で、そうした水場はときに「ナッカーホール（ナッカーの巣穴）」と呼ばれた。ナッカーホールが最初に確認されたのはサセックス地方で、それは底なしといわれた。また、ナッカーホールの水は、冬場にどんなに寒くても、けっして凍らなかったという。ナッカーには小さな翼があったが、必ずしも飛べたわけではない——実際、その翼はむしろ魚のひれのような役目を果たした。彼らは水中を非常にスムーズに動いたが、えらがなかったため、空気を吸う必要があった。クロコダイルやアリゲーターなどのワニのように、目や鼻孔は幅広の平たい頭のうえにあり、水中にいるときでも、周囲の様子を観察することができた。

　ナッカーには大きな頭と口があったが、体は蛇のように細長く、ウナギのようにくねくねしていた。足はないが、蛇のように地面を這い、尾を使って標的を襲った。牛や羊、人間といった獲物を捕まえるだけの俊敏さもあり、獲物を追うときのナッカーは馬と同じくらい速かったという。また、牙には猛毒があり、実際、酸性度がきわめて強く、犠牲者の肉を溶かすほどだったとされている。

136

第 6 章　　　　　　　　　　　　　　　　　ヨーロッパのドラゴン

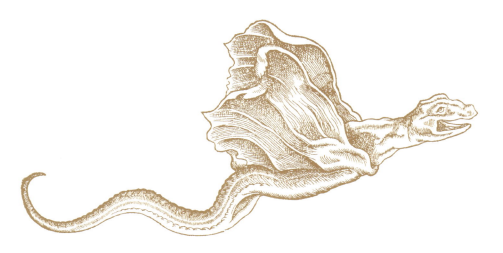

ナッカー殺し

　ウェストサセックスのライミンスター地方では、あるナッカーが人々の脅威となっていた。大変な長さにまで成長したそのナッカーは、夜になると巣穴から姿を現し、周辺の農家の家畜を襲い、ときには道で出会った旅人を食い殺すこともあった。日が暮れると、人々はそうした道に近づかないようにし、農夫たちは羊や牛を納屋に閉じ込めるようになった。

　しかし、それでも問題は解決されなかった。ますます腹を空かせたナッカーは、納屋のなかの肉の匂いを嗅ぎつけ、壁をぶち壊し、建物を破壊した。その唸るような叫び声とシューッという不気味な音は、何キロもさきまで聞こえた。ライミンスターの市長は、ナッカーを退治した者に多額の褒美を出すと宣言し、サセックスの王は、ナッカーの死の証拠を持参した貴族には、花嫁として王女を与えるとした。数人の騎士が名乗りを上げ、怪物を倒そうとライミンスターにやって来たが、戦いに出た誰もがそれきり消息を絶った。

　最後に、近くの村からやって来たジムという若者が、市長にある計画をもちかけた。町の人々、とくにパン職人の助けが必要だと説明すると、市

長は熱心に市民の協力を求めた。こうしてジムの指示のもと、人々は巨大なパイを焼くことになった。地元の錬金術師たちもあらゆる毒薬を提供し、ジムはこれらの毒薬がすべて配合されるようにした。

ついにパイが完成すると、市長はジムに大きな荷車とそれを引く馬を用意した。パイを荷車に載せると、ジムは馬とその荷車をひとりでナッカーの巣穴まで運んだ。彼はそこにパイだけを残し、馬と荷車を連れて引き返すつもりだったが、日没までに重いパイを下ろすことができず、そのうちに巣穴の水が波立ち始めた。

ジムは急いで近くの森へ逃げ込み、斧だけを手に取った。ナッカーが現れると、馬は激しく暴れたが、荷車につながれたままだったため、逃げられなかった。ナッカーの口が大きく開き、血まみれの牙をむき、馬はあっという間に飲み込まれた。竜はつぎにパイに目を向けた——玉ねぎやチーズ、ミンスミートの豊かな香りが、巨大な皿から漂うほどにまだ温かかった。ナッカーはパイを荷車ごと飲み込み、その二輪車の厚板をバリバリと噛み砕いた。

満腹になって動きが緩慢になったのか、あるいはすでに毒が効き始めていたのか、ナッカーは森の道をゆっくりと進んだ。ジムは斧を摑み、あとを追った。１キロも行かないうちに、ナッカーは動きを止め、毒が全身に回ったのか、呻き声を上げてのたうった。息絶えるまでには、ほとんど夜明けまでかかったが、とうとう竜が死ぬと、ジムは近づいて、斧で頭を切り落とした。

苦労して竜の頭を町まで引きずって帰ったジムを、人々は英雄として迎え、市長は彼に褒美を与えた——自分の家を買い、残りの人生を豊かに暮らせるほどの額だった。（しかし、貴族ではなかったため、王女との結婚は許されなかった）。ジムがこの世を去るまで、人々は彼の勇気と賢さを忘れず、遺体は聖マグダラのマリア教会に埋葬された。今日、その墓石は、「竜殺しの石板」と呼ばれている。

第 6 章　　　　　　　　　　　　　　　　　　ヨーロッパのドラゴン

リンデスファーン修道院のドラゴン

　リンデスファーン島は、イングランド北部の東岸沖にある聖なる島
で、かつて修道士たちが聖書の写本に熱心に取り組んだ地でもあ
る。彼らは聖書のほか、日々の暮らしの出来事も記録し、そこには
ドラゴンが空を飛び、修道院に稲妻を打ち、超自然の力で修道
士たちを震え上がらせたといった報告も含まれている。

　793 年、この修道院は突然の襲撃を受け、破壊された。修道
士たちの多くが犠牲となり、宝物も奪われた。当初はドラゴンの
仕業と考えられたが、瓦礫の下敷きとなった数人の生存者によれ
ば、船首にドラゴンの頭が彫られた長船が北海を渡って来たとい
う。船は浜辺に乗りつけられ、血に飢えたヴァイキングたちが上陸
し、島を略奪したらしい。

　リンデスファーンでは、それがドラゴンの仕業だという噂は嘘と
判明したが、死体や破壊の様子はあまりにも凄惨だった。一般
に、リンデスファーンの略奪はヴァイキングによる最初の襲撃とさ
れ、彼らはそれから数世紀にわたって、ヨーロッパ大陸はもちろ
ん、北アフリカ沿岸の国々をも恐れさせる海賊となった。そんな
ヴァイキングの船は、どこで目撃されても、「ドラゴン船」と呼ばれ
た。

PART 2　　　各地の文化に伝わるドラゴン神話

第 6 章   ヨーロッパのドラゴン

チャイルド・ワインドとドラゴン

ノーサンバーランドの王には、チャイルド・ワインドという名の息子と、マーガレットという名の娘がいた。チャイルド・ワインドは勇敢な騎士で、戦士たちの偉大な指揮官だった一方、マーガレットは優しさと気品を備えた美しい女性だった。彼らの母親である王妃は、ふたりが幼いころに亡くなったが、王は老齢まで幸せに暮らした。娘のマーガレットはいつも王のそばにいたが、チャイルド・ワインドの一団は、遠い地で戦争をするため、船でイングランドをあとにした。

ある日、マーガレットと残った家臣たちが驚いたことに、王は再婚を発表した。王が新しい妻を迎えようとしていたとは誰も知らなかったが、新しい王妃はすぐに船でバンバラ城へやって来た。人々は新しい王妃を歓迎し、王女も丁重に挨拶をした。しかし、王妃は冷淡でよそよそしい感じがした。その噂はたちまち城中に広まり、家臣たちは王妃がひどく残虐で、働きが足りないと思われた者は殴られるらしいとささやいた。

しかし、王自身は満足のようで、結婚式の日、彼は王妃を新たな妻に迎え、盛大な祝宴を催した。ところが、王妃はずっと打ち解けない様子だった。その夜、王が酔って眠ってしまうと、彼女は月光のもとにひとり座り、銀の糸で壁掛けを編んだ。糸で描かれた複雑なシンボルに囲まれていたのは、眠っている王女の姿だった。

姿を変えられた王女

マーガレットが苦痛に目を覚ましたのは、夜明け近くだった。手足がひどく重く感じられ、まるで岩を負わされたかのようだった。彼女は手を上げようとして、恐怖に悲鳴を上げた。鉤爪のついた醜い前足が顔のほうに伸びてきたからだ。ベッドから転がり落ちると、カバーがずたずたに切り裂かれ、彼女は自分が立てないことに気がついた。太い尾が部屋を激しく

141

打ちつけ、ベッドを叩き壊し、カーテンを振り落とし、衣装だんすを粉々にした。マーガレットは、その尾を避けようとして敷石の床を這い回ったが、しだいに——そして彼女にとって非常に恐ろしいことに——それが自分の尾であることに気づいた。

　よろめきながら、割れた鏡のほうへ行ったマーガレットは、破片に映った自分の姿に悲鳴を上げた。鱗に覆われた緑色の顔には、ねじれた角と巨大な口、そして恐ろしい毒牙がついている。悲鳴は野獣の唸り声となって発せられ、彼女は自分がドラゴンになったことを知って後ずさりした。

　たちまち警戒の叫びが城中に響き渡り、武装した家臣たちが部屋へ駆けつける足音が聞こえた。恐怖と混乱のなか、マーガレットは窓のほうへ行き、固く閉じられたその窓を巨体で押し開けた。彼女は塔の高いところにいたが、飛び上がってみると、大きな翼が本能的に彼女の体重を支え、城壁のそとへと滑るように運んだ。衛兵や廷臣たちが叫んだり、指差したりするなか、数人の射手が矢を放ったようだが、鱗に覆われた彼女の皮膚には何のダメージも与えられず、ただ跳ね返された。

　地面に降りようとしたとき、マーガレットは新たな感覚に襲われた。彼女の鼻孔は、うっとりするような甘い匂いを嗅ぎつけ、何となくそれが羊だとわかった。すると腹から野蛮な音が鳴った。ひどく空腹——もう少しで飢え死にしそうなほど——だった彼女は、ふたたび空へ舞い上がり、村の家々を飛び越え、羊の群れのなかに着地した。ほとんど無意識のうちに、彼女はその無力な羊たちをつぎつぎと貪り食い、ようやく腹が満たされた。

　そのときになって初めて、マーガレットは自分のしたことに気づいて恐ろしくなった。彼女はふたたび舞い上がり、今度は近くの山の頂へと飛んでいった。そこでむき出しの尖った岩のあいだに身を丸め、頭を前足のうえに載せた彼女は、絶望に打ちひしがれた。

第 6 章　　　　　　　　　　　　　　　　　ヨーロッパのドラゴン

恐怖と狼狽

　人々のほうも、ドラゴンが王女を食い殺し、国を脅かそうとしていると思って絶望した。新しい王妃もそのとおりだと言ったが、平民だけでなく貴族までもが、王妃が王と結婚したその夜にドラゴンが来るとは、あまりに不吉だとつぶやいた。

　そんななか、ひとりの老人が事実を悟った。彼はひそかに王のもとへ行き、王女は闇の魔法によってドラゴンに姿を変えられたのだと告げた。彼が提案できる唯一の解決策は、息子のチャイルド・ワインドを戦地から呼び戻し、王国の危機に立ち向かわせることだけだった。老人はまた、王に新しい王妃を追放するか、あるいは抹殺するように促したが、王はどうしてもこれを受け入れなかった。それどころか、王妃は頑丈な錠が施された塔に置かれ、激高する民衆の報復から守られた。

　やがて、チャイルド・ワインドが父親からの伝言を受け取った。妹にかけられた恐ろしい魔法に愕然とした彼は、妖術に耐えられるという梨の木の材木で、さっそく船を建造した。そして王子とその一行は、ノーサンバーランドへ向けて出帆した。

英雄の帰還

　チャイルド・ワインドの船は、海岸のうえの岬に建つバンバラ城が見えるところまで来た。ところが、港に入ろうとすると、海は魔法にかかったように荒れ始め、まるで船と船乗りを滅ぼすことが喜びであるかのように船体を揺らした。波は嵐で大きくうねり、船は渦巻きに飲み込まれそうになった。しかし、梨の木の材木は丈夫で、激しい波にも耐え、船は何とか無事に港へ漕ぎつけた。

　呪文で海を荒れさせていた王妃は、高い塔から王子の船の乗組員が錨を下ろす様子を見て、怒りを露わにした。しかし、邪悪な彼女には、もうひ

143

とつの策略があった。壁掛けから何本かの糸を引き抜くと、人形遣いが人形を操るように、ドラゴンになったマーガレットを意のままに動かすことができたのだ。彼女はドラゴンを空へ送り込み、船を破壊し、上陸しようとしている乗組員を皆殺しにするように指図した。

　ドラゴンは海岸を低空飛行し、船に火を噴き、炎上させた。王子と乗組員は浅瀬へ飛び込み、何とか岸に泳ぎ着いたが、燃えさかる船は沈みかけ、もうもうと煙を発して、浜辺の上空を曇らせた。

　チャイルド・ワインドは陸に這い上がった。煙でよく見えなかったが、やがて黄色く光る丸いものを見つけた——それは太陽ではなく、ドラゴンの目玉だった。彼は剣を抜き、呪いをかけられた妹が自分を攻撃しようとしているのかと警戒した。実際、ドラゴンの口は大きく開かれていた。しかし、噛みつかれる代わりに、彼は妹の声で何か言うのが聞こえた。最愛の兄への必死の思いが呪いに打ち勝ったのか、彼女は絞り出すように言葉を発した。

　それによると、たとえ硬い鱗に覆われた皮膚のせいで傷を負っても、彼はドラゴンの口に３度キスしなければならないという。そして船体から木片をひとつ取り、継母である王妃を探し出さなければならなかった。

　チャイルド・ワインドは、ドラゴンの懐に踏み込み、キスをした。口もとの鱗についた鋭いとげが彼の皮膚を引き裂き、唇から血が流れた。しかし、たとえもっと深い傷からもっと多くの血が流れても、彼はひるまず、ドラゴンにふたたびキスをした。今度はとげが頬を突き刺したが、彼は痛みを顧みず、３度目のキスをした。

　するとドラゴンは地面に崩れ落ち、枯れるように死んだ。しなびた皮膚の袋のなかで小さなものが動いたので、切り開いてみると、そこにマーガレット王女がいた。青ざめて震えていたが、以前と変わらず美しかった。続いて王子は、黒焦げになった船から梁をひとつ取り、棍棒の代わりにした。そして妹と兵士たちを従えて、城へ向かい、父親と対面した。

　王は娘が戻ったことに大喜びしたが、王妃にすっかり心を奪われていた

ため、彼女を罰することにはなかなか同意しなかった。そこでチャイルド・ワインドは、無理のない要求をした——梨の木の木片で彼女に触れるだけでいい。もし彼女が魔女でなければ、木片は何の害ももたらさない。

王もこれには同意し、ふたりは王妃の部屋に入った。彼女は壁掛けのうしろに身を隠していた。チャイルド・ワインドが梨の木の棍棒を掲げると、彼女は恐怖で悲鳴を上げ、倒れ込み、本来の姿を現した。王がぎょっとして見つめた妻の正体は、いぼに覆われ、悪臭を放つヒキガエルだった。王と王子が後ずさりすると、カエルは城を飛び出し、二度と人間のまえに現れることはなかった。

フランス神話のドラゴン

ドラゴンは、フランスの神話やおとぎ話、シンボルにおいても重要な役割を果たしている。キリスト教が伝来するまえ、ドルイドは皮膚にドラゴンの入れ墨をしていた。ドルイドは、ガリア（フランス）を征服しようとしたローマ人にとって大きな障害だったため、ドラゴンはおのずと敵のシンボルになった。しかし、ときにはその敵が、（おそらくキリスト教の）

清らかな心によって従順になることもあった。

タラスク

　タラスクは、フランスのプロヴァンス地方でよく知られる生き物である。そもそも、タラスコンという村は、この伝説の怪物の名に由来している。いくつもの恐るべき生物が混ざり合った姿で描かれるタラスクは、水陸両生で、ほとんどは森に棲んでいたが、泳ぎもうまかった。ローヌ川はそんなタラスクのお気に入りの猟場で、しょっちゅう川を行く船を沈めたり、乗客を襲って食べたりした。

　タラスクは実際、あらゆる動物を混ぜ合わせた悪夢のような生き物だった。ドラゴンの一種として描かれたが、頭はライオンで、胴体は頑丈な亀の甲羅に守られていた。鱗に覆われた尾の先端には、サソリのような毒針がついており、6本の熊のような短い足をもっていた。そんな獰猛な捕食者だったタラスクに、南フランスの人々はつねに脅かされていた。

　あるとき、ネルルクの王は、この怪物を退治するために騎士団を組織し、石弓さえ持たせた。しかし、彼らの勇気と力量にもかかわらず、タラスクは騎士たちを撃退し、多くの死傷者を出した。

　歴史上有名な怪物の多くがそうであったように、最終的にタラスクを倒したのは、物静かな女性——奇跡を起こすといわれた聖マルタ——だった。彼女は賛美歌や祈りの言葉を唱え、聖水を振りかけることで、ドラゴンに十字架の魔法をかけた。ドラゴンは、そんな善良な聖女のまえにひれ伏し、近くの村へとおとなしく彼女に従った。

　もちろん、村人たちはドラゴンの姿を見て驚き、これを攻撃したが、ドラゴンは抵抗せず、やがて息絶えた。のちにマルタの教えによってキリスト教に改宗した村人たちは、早まってドラゴンを殺したことを後悔し、その償いのしるしとして、村の名をタラスコンと改めた。

第 6 章	ヨーロッパのドラゴン

フランスのフィリップ 2 世は

けっして臆病者ではないといわれたが、

荷馬車ほどもある巨大なドラゴンが

宮殿のしたで待っていると知らされたとき

さすがに息が止まりそうになった。

ドラゴンはあまりにも大きくて、

話をするのに玄関へ入ることができなかった。

そのまま放っておくのも悪いと思った王は、

しかたなく彼を玄関前のマットで出迎えた。

ドラゴンは軽くお辞儀をして

訪問の理由を述べた。

淡々とわけを話すドラゴンに

フィリップ王はただもう啞然とした。

彼は何と 2 週間おきに、

王の大切な 10 人の娘たちを食べたいと要求した。

『さて、まずはあのぴちぴちしたルーシーからいただこう』

とドラゴンは言った。

——ガイ・ウェットモア・キャリル
「トマスはいかにしてドラゴンから乙女を救ったか」より抜粋

ロードス島のドラゴン

　このドラゴンは、フランスに棲息していたわけではないが、ラングドック出身のフランス人、デュードネ・ド・ゴゾンによって退治された。事件が起きたのは 1340 年ごろで、当時の書物にも記されている。これは人間とドラゴンが対決した記録としては、もっとも新しいものに数えられる。

　ド・ゴゾンは、エーゲ海に浮かぶロードス島で設立された十字軍の騎士団、ロードス騎士団の一員だった。もともとキリスト教の聖地奪還を目的とした十字軍は、1300 年代半ばまでにはほとんどが失敗に終わっていた。しかし、キリスト教の騎士たちは、イスラム勢力に支配されていたトルコや中東、北アフリカといった地域と自分たちの王国との境界沿いに、いくつもの要塞を築いていた。こうした要塞のひとつが、シチリア島の近くにあるマルタ島で、もうひとつがロードス島だった。

　騎士団の第一の任務は、勢力を増すイスラム軍の攻撃に対して、要塞島を守り通すことだった。この島の騎士たちの誰もが、ロードス騎士団の総長に忠誠を誓い、総長は部下たち全員を砦の防衛に集中させ、防備を強化し、敵のつぎなる攻撃に備えるように命じた。

　その一方で、島の内陸にある沼地に棲むドラゴンは、家畜を殺したり、ときには罪のない巡礼者や旅人の命を奪ったりして、人々を苦しめていた。そこで数人の騎士たちが、総長にこの怪物を退治する許可を求めたが、騎士団の本来の任務ではないという理由で却下された。

　しかし、ド・ゴゾンは、ドラゴンを退治してほしいという島民の切実な願いに心を動かされた。彼は命令に背き、甲冑を身につけ、槍を掲げて、怪物退治に出かけた。沼地のそばでドラゴンに出くわすと、ド・ゴゾンを乗せた馬はうろたえ、騎士を振り落として走り去った。馬を失ったド・ゴゾンは、槍と剣だけでドラゴンに立ち向かうことになった。

　ドラゴンは火の息を噴き、ド・ゴゾンの甲冑を焦がし、彼をひるませた。ド・ゴゾンも剣を振り回したが、ドラゴンはそれをかわし、巨大な鉤

第 6 章　　　　　　　　　　　　　ヨーロッパのドラゴン

爪の一撃で、ド・ゴゾンの手から剣を叩き落とした。残された武器は、重い槍だけだった。ド・ゴゾンは槍を拾い上げると、石突きを地面に固定し、ドラゴンがふたたび襲いかかろうとしたとき、それを高く掲げた。敵がまたしても火の息を噴こうと口を開けたとき、ド・ゴゾンは突進し、穂先をドラゴンの上顎から脳天へと突き刺し、敵を即死させた。

　ドラゴンの頭を切り落としたド・ゴゾンは、この勝利の証を砦に持ち帰り、城門のうえに打ちつけた。しかし、怪物を倒したにもかかわらず、総長は命令に背いたド・ゴゾンに激怒し、騎士の地位を剝奪したうえ、彼を島でもっとも深い地下牢に閉じ込めた。ド・ゴゾンはしばらくそこで辛い日々を過ごしたが、やがて彼に対する正義を求める声が——島民と仲間の騎士たちの両方から——上がり、ド・ゴゾンは釈放され、騎士の地位も回復した。

歴史の脚注

それ以来、ド・ゴゾンは「エクスティンクトル・ドラコニス（ドラゴン殺し）」という異名で知られるようになった。数年のうちに総長が死去すると、1346 年には、ド・ゴゾン自身がその肩書きを担った。2 年後、彼はアルメニアでエジプトのスルタン軍を打ち破るという軍事作戦を果敢に率い、ロードス騎士団総長としての務めを見事に果たした。勝利の証となったあのドラゴンの頭は、約 500 年にわたって砦の城門に残されていたが、1800 年代、ある科学者によってクロコダイルのものと確認された。

PART 2　　　　　各地の文化に伝わるドラゴン神話

スラヴのドラゴン

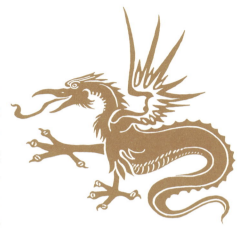

　ポーランドからウクライナ、ロシア、バルト諸国にかけてのスラヴ世界には、それぞれに強大で破壊的なドラゴンの神話がある。そうした伝説のなかには、先史時代にさかのぼるものもあれば、トルコ語やペルシア語に由来した名をもつものもある。おそらく、これはアジアの草原国家モンゴルやトルコから、ロシアへと押し寄せた侵略者の波に影響を受けたか、あるいはそれを象徴していたと考えられる。シレナのドラゴンを退治した聖ゲオルギオスの物語は、ロシアでもよく知られ、その姿はモスクワ市旗にも描かれている。

ゴルイニチ

　ゴルイニチは、ロシアの伝説の怪物で、ヨーロッパの神話のなかでもとくに恐ろしいドラゴンといわれた（ウクライナの民話にも主役として登場する）。この怪物は3つの頭をもつとされ、それぞれにヤギのような一対の角があり、火の息によって敵を殺すことができた。体のもう一方には、鞭のような7本の尾がついており、先端は鋭い突起に覆われていた。ゴルイニチは、つねに硫黄の匂いに包まれていたため、その悪臭はときに、狙われた獲物が隠れるか、逃げるかできるほどの警告となった。

　ゴルイニチは頑丈な後ろ足で直立歩行し、短い前足は膜状の翼につながっていた。前足の先端についた鉄の鉤爪は、兵士の甲冑を切り裂き、石の壁をも粉々にするほどに硬くて鋭かった。このドラゴンは、本当の意味で空を飛ぶわけではなかったが、高所から飛び上がれば、その翼で滑空す

ることができた。十分な空間があれば、恐ろしい唸り声とともに疾走し、空高く舞い上がって、狙った獲物のうえに急降下することもできた。

　ゴルイニチは、ときどき月や太陽をかじり、月食や日食をもたらしたともいわれる。ロシアの人々は、天体の欠落がいつも一時的なものであるという事実に励まされ、東方正教会の教えでは、それは善が最終的にはつねに悪に打ち勝つという証とされた。

ゴルイニチと囚われの王女

　ゴルイニチには、邪悪な妖術師のネマル・チュロヴェクというおじがいた。ゴルイニチにロシア全土を支配させようとしたチュロヴェクは、そのために皇帝の娘を誘拐し、彼女をウラル山脈の高みにある暗い要塞に監禁した。悲嘆に暮れた皇帝は、娘を救い出した英雄には破格の褒美を与えると約束した。多くの勇敢な戦士たちが、王女を救って褒美を得ようと山へ向かったが、その誰もが消息を絶った。ときには、そんな騎士たちの馬が、主人の運命を示唆するように、体中に血を飛び散らせ、高みから足を引きずって下りてくることもあった。

　チュロヴェクは、山の砦に身を隠していたため、その場に護衛はひとりもいなかった――砦にいたのは、彼とドラゴンと囚われの王女だけだった。チュロヴェクに恐れるものはなく、王女を救いにやって来る騎士たちは、誰もその砦を見つけることさえできなかった。

　チュロヴェクは巨人に姿を変えることができたため、しばしば巨人として、砦を囲む渓谷をパトロールした。渓谷にやって来た騎士たちの何人かは、巨人のチュロヴェクに押し潰された。ほかの騎士たちは、山道でゴルイニチに襲われ、ときには火の息で、ときには強力な顎で、ときには鉄の鉤爪や鞭のような尾によって殺された。

頼りない英雄

　モスクワの若い衛兵イワンは、とくに優れた戦闘力で知られたわけではなかったが、鳥の言葉を理解できるという特別な能力をもっていた。ある日、宮殿の庭で勤務していた彼は、2羽のカラスがウラル山脈の秘密の要塞に美しい娘が囚われていると話すのを聞いた。尾根の上空を飛んでいたカラスたちによれば、そこには隠れた山道が蛇行するように走っており、要塞やその周囲の渓谷に誰かがいても、けっして見えないという。

　これは王女が監禁されている牢獄のことに違いないと考えたイワンは、皇帝のところへ行き、自分が聞いたことを話した。もちろん、恐ろしいとは思ったが、イワンは必ずその秘密の山道を探し出し、要塞を見つけて、王女を救い出すと約束した。皇帝はこの若者の勇気に感動し、彼に冒険の旅の助けとなる魔法の剣を与えた。

　ひとり歩いて旅をしていたイワンは、回り道をして山に入り、尾根に沿った小道を見つけた。何日も過酷な旅が続き、凍てつくような嵐に打たれ、耳をつんざくような雷鳴と凄まじい稲妻に怯えながらも、彼はついに要塞を発見した。急な斜面を下りていくと、門が開いていた。彼はふたたびカラスたちが話すのを聞き、王女がどの部屋に監禁されているのかを知った。

　しかし、チュロヴェクが侵入者の存在に気づいた。巨人の彼は、大きな足音を立てて要塞へ戻り、ゴルイニチにその人間を始末するのを手伝えと怒鳴った。高い塔への階段を上っていたイワンは、その怒鳴り声を聞き、振り向くと、巨人のチュロヴェクが、木の幹ほどもある棍棒を掲げて襲いかかろうとしていた。すると、イワンの手から、ひとりでに剣が飛んでいった。剣は巨人の心臓に突き刺さり、その体を貫いた。イワンがなす術もなく見ていると、剣は空中を舞い続け、今度は長い階段をらせん状に降下した。大広間から3つの頭をもつゴルイニチが襲いかかると、剣は左右に打ち進み、ゴルイニチの首から頭をすべて切り落とし、あっという間に

怪物を倒した。
　こうしてイワンは王女を救い出し、宮殿へ戻ったが、帰路でふたりは恋に落ちた。褒美をもらい、今や栄えある貴族となったイワンは、めでたく王女との結婚を許された。

トゥガーリン・ズメエヴィチ

　この怪物は、ウクライナの首都キエフのあたりに住む人々を餌食にしていた。火を噴くドラゴンとして、家畜を盗み、建物を燃やし、自分を退治しようとする者たちを殺して、その地方の人々をひどく苦しめていた。しかし、このドラゴンの翼は、大きいが非常にもろいものだった。
　トゥガーリンは、ウクライナの国民的英雄アリョーシャ・ポポーヴィチによって追われ、最終的に彼と戦うことになった。冒険好きな家族の3人兄弟の末っ子として生まれたアリョーシャは、兄たちが屈強な戦士だったのに対し、勉強して司祭となり、腕力よりも機転や機知を頼りとすること

で知られた。

アリョーシャとトゥガーリンの決闘については、東スラヴの人々のあいだにさまざまなバージョンが伝えられている。なかでもよく知られる物語では、両者が開けた原野でついに対決する。トゥガーリンは蛇のようにシューッと音を立て、魔法を使ってアリョーシャに激しい攻撃を仕掛けた。火を操れるトゥガーリンは、もうもうたる煙雲で敵を窒息させようとし、続いて火花の雨を浴びせ、最後には黒焦げになってくすぶる丸太を投げつけた。アリョーシャは何とかこれらの攻撃をかわしたが、反撃できずにいた。

とうとうトゥガーリンは空中に飛び上がり、大きな翼——紙のように薄くてもろい——を広げて、原野の空高くに舞い上がった。そして弧を描きながらさらなる高みへと上昇し、アリョーシャのうえに急降下して、彼を押し潰そうとした。

しかし、火の怪物だったトゥガーリンは、突然の暴風雨に不意を突かれた。ずぶぬれになった翼は、紙のように切れ切れになった。どうすることもできないトゥガーリンは恐れおののき、無情にもそのまま墜落して死んだ。

ようやくドラゴンに近づけるようになったアリョーシャは、怪物の体を

脅威の象徴

トゥガーリンは、スラヴの人々にとって、かの地の果てしない草原につきまとう脅威の象徴となった。トゥガーリンという名がトルコ語に由来したことから、このドラゴンは、歴史のあらゆる時点で中央アジアの大部分を征服したモンゴル人を象徴していたとの説もある。

剣で切り刻み、その肉塊を原野にばら撒き、頭を褒美として持ち帰った。

クラクのドラゴン

　クラクフは、ポーランド南部の大都市である。ヴィスワ川の河畔に位置し、カルパティア山脈にもほど近い。よく知られた伝説によれば、この都の名は、クラクという利口な若者によるドラゴン殺しを称えたものだという。

　都が創設されるまえの紀元前7世紀ごろ、この地域の小さな町や村のすべては、ある部族の王による緩やかな摂政政治のもとにあった。ヴィスワ川の岸に沿って隆起した土地には、ヴァヴェルの丘と呼ばれる高台が広がり、その麓には暗くて深い洞窟があった。入り口は川の水位とほぼ同じ高さにあり、穴の奥には恐ろしい火を噴くドラゴンが棲んでいた。

　このドラゴンには、スラヴ地域に伝わるドラゴンの多くがそうであるように、2本の頑丈な後ろ足とごく小さな前足があった——その前足は翼指竜のプテロダクティルスのように、実際には翼の一部だった。口は巨大で、顎は羊を丸ごと飲み込めるほどに大きく開いた。鋭敏な目は薄暗がりのなかでも見ることができ、長い尾は骨を砕くほどに強力だった。

　このドラゴンは、何年にもわたってこの地域を恐怖に陥れてきた。羊や豚と

いった家畜を殺し、ときには不用心な旅人を襲うこともあった。光り物が大好きで、その地域はけっして豊かではなかったが、ドラゴンは何十年もかけて相当の財宝を貯め込んだ。宝の多くは金貨や銀貨だったが、宝石をあしらった首飾りや指輪、祭司やシャーマンが使う装飾品なども含まれていた。ドラゴンの噂が広まると、これを退治しようと勇敢な戦士たちがやって来た。しかし、槍や剣で武装した男たちではまるで歯が立たず、ドラゴン殺しになるはずだった彼らは、ドラゴンの火の息ひと吹きで焼かれて灰になった。

　当時、その地域を支配していた部族の王は、ドラゴンの略奪のせいで、王国の富が大きく損なわれていることを強く懸念していた。こんな呪われた場所に住むよりもと、人々は荷物をまとめて立ち去ろうとしていた。王の美しい娘が成人に達するころには、王は困り果てていた。ほかに頼みとするものがなかった彼は、ドラゴンを倒してその価値を証明した者には、王女との結婚を許すと約束した。

　当然ながら、この約束はポーランドのみならず、さらに遠くの王国からも、より多くの勇者たちを引き寄せた。しかし、ドラゴンの棲む洞窟を探し当てても、鱗に覆われたこの邪竜の体に一撃を加えるまえに、誰もが命を落とした。

　最後に、クラクという身分の低い靴屋の息子が王のところへやって来て、ドラゴン退治に挑戦する許可を求めた。馬も甲冑も持たず、武器は鋭利な革細工用のナイフだけというクラクを見て、王は懐疑的だった。しかし、クラクに新たな作戦があることを知ると、王は彼の挑戦を許し、王国の商人たちにも協力させることを約束した。

　クラクはまず、肉屋から屠殺したばかりの羊を提供してもらった。つぎに、ヴィスワ川を見下ろす丘陵地でトンネル工事をしている坑夫たちから、かなり大きな硫黄の袋を手に入れた。クラクはナイフで羊の腹を切り裂くと、肋骨のあいだに硫黄の袋を詰めた。その晩、彼は死んだ羊を洞窟の入り口まで運び、地面の乾いた場所にその死骸を置くと、岸辺の小さな

第 6 章　　　　　　　　　　　　　　　　ヨーロッパのドラゴン

丘にあった岩の背後に隠れた。

　日が沈むと、ドラゴンが洞窟から姿を現した。すぐに羊を見つけ、大きな口でぱくりとその生贄を飲み込んだ。するとたちまち、ドラゴンは黄色い煙を大量に吐き出し、苦痛の叫びを発した——クラクの思惑どおり、硫黄がこの邪竜の体内の熱によって発火したのである。ドラゴンが川に頭を突っ込み、苦しそうに喉を鳴らしながら、がぶがぶと水を飲み始めると、川の水が発火した硫黄と混ざり、蒸発していった。ドラゴンの体の内圧が限界にまで高まると、ついにその大きく膨れ上がった腹は文字どおり爆発し、熱い炭と蒸気が噴き出した。

　クラクは洞窟に入り、ドラゴンが貯め込んだ財宝を袋に詰め込むと、そこを出て、王に作戦の成功を知らせた。王が兵士の一団を差し向けて確認させたところ、クラクの言ったとおりだった。大喜びした王は、ドラゴン退治を果たしたこの若者に娘を与えた——彼は取り戻した財宝のおかげで、今や大金持ちになっていた。ヴァヴェルの丘にもふたたび人々が戻り、何年も見捨てられていた耕作地は、放牧に適した肥沃な土地になっていた。

　王が年老いて亡くなると、クラクが王位に就き、丘の頂上に城を建てた。その城は何世紀にもわたり、ポーランドの王座としての役割を果たし

永遠のヒーロー

　クラクのドラゴンの記念碑は、今もヴァヴェルの丘の麓にある洞窟のそばに建っている。記念碑のドラゴン像には、1 時間に数回、像から火の息を噴かせるために、天然ガスの供給口がついている。

た。そして城を中心に発展した都は、それを可能にした英雄にちなんで、クラクフと名づけられた。

南スラヴ地方のドラゴン

　ブルガリアやクロアチアといった地域では、ドラゴン神話がロシア以北の地域とは異なる雰囲気を帯びていた。南部では、ドラゴンは必ずしも人間の敵ではなく、非常に賢い生き物と考えられていた。彼らは魔法の呪文を使うことができ、正しい方法で近づけば、ときにはその知識を分け与えてくれることもあった。

　こうしたドラゴンは、人里離れた丘に棲むとされ、そこに貯め込まれた財宝には、貴重な魔法の品々も含まれていた。また、ドラゴンが美しい人間の女性に劣情を抱くことは珍しくなかったが、こうした好意がつねに歓迎されないというわけでもなかった。南スラヴに伝わる偉大な英雄のなかには、ドラゴンの父と人間の母から生まれたとされる者もいる。

ドラゴンの息子

　本章でさきに触れたカルパティア山脈は、あの有名な伝説の怪物、ドラキュラ伯爵の本拠でもあった。1897年に書かれたブラム・ストーカーの怪奇小説『ドラキュラ』は、この伝説を広く世界に知らしめた。ストーカーは悪役の名前を選ぶにあたって、ドラキュレスティ家の一員、ワラキア公ヴラド3世の生涯に影響を受けたと思われる。ヴラドは、1408年に創設されたドラゴン騎士団の一員であり、ドラキュラは、「ドラゴンの息子」と訳すこともできる。

第 7 章　　　　　　　　　そのほかの文化のドラゴン

第 7 章
そのほかの文化のドラゴン

有名なドラゴン神話のほとんどは、広大なユーラシア大陸の古代文化から生まれたものだが、味方であれ敵であれ、ドラゴンは、世界中のあらゆる民族や文化の思想に共通して登場する存在だ。各地に伝わる彫像や絵画、モザイク、伝説、そして神話の数々は、気高い蛇としてのドラゴンの概念が普遍的であることの確かな証拠といえる。

西半球のドラゴン神話

　ドラゴンによく似た生き物は、アメリカ合衆国中部を流れるミシシッピ川の流域に住み、実質的な町を形成したアメリカ先住民のあいだでも想像されていた。さらに南では、メキシコ中心部にくわえ、メキシコ南部から中央アメリカにかけてのマヤの密林に住む人々によって、創造神としてのドラゴンが広く崇拝され、モザイクや象形文字、彫像に描かれた。なかでもあのケツァルコアトルは、コロンブス以前の時代のメソアメリカを伝える視覚的イメージとして、もっとも重要なドラゴンである。

PART 2　　　各地の文化に伝わるドラゴン神話

ドラゴンの棲み処

——未知の地に関する大航海時代の地図の書き込み
テラ・インコグニタ

ピアサ

　人間の顔をもち、尾の長さが男性の身長の2倍もあるというピアサの物語は、現在のアメリカ合衆国中部のアルゴンキン族のあいだで生まれた。この部族は、ヨーロッパ人と遭遇するまで文字をもたなかったが、のちにイリノイ州マディソン郡となった地域の、ミシシッピ川を見下ろす石灰岩の岩棚には、ピアサを描いた緻密な絵が残されていた。しかし、信じがたいことに、もとのこの壁画は、1870年代にミシシッピ石灰社が岩を切り出したとき、破壊されてしまった。

　それでもピアサの絵は、かの地を通った最初のヨーロッパ人探検家として知られるイエズス会宣教師、ジャック・マルケット神父によって目撃され、記録に残された。彼はその絵をつぎのように生き生きと描写している。

第 7 章　　　　　　　　　　　そのほかの文化のドラゴン

　描かれた 2 頭の怪物は、子牛ほどの大きさで、頭に鹿のような角があり、恐ろしい表情をしている。赤い目に虎のような顎ひげ、人間を思わせる顔、鱗に覆われた胴、そして体にぐるりと巻きつけた長い尾は、頭のうえを通って足のあいだに戻り、先端が魚の尾のようになっている。この絵を構成しているのは、緑、赤、黒の 3 色である。そもそも、この 2 頭の怪物は、先住民の手によるとは思えないほどよく描けている。とはいえ、フランスの優れた画家が、都合よくそんな場所まで行けるはずもない。

　この岩絵は、1200 年ごろにカホキアの町の先住民によって描かれたと思われる。カホキアは、ヨーロッパ人が到来するまえ、3 万もの人々が住むメキシコ以北最大の都市だったという。鷹や鳥人、大蛇など、ほかにも多くの種類の生き物が、カホキアの部族のあいだで広く描かれた。しかし、ドラゴンのような姿で、すぐ目につく場所――ミシシッピ川のその地点を行き来する者なら容易に気づく――に描かれたピアサは、アメリカ先

住民の独特かつ印象的な芸術表現のひとつだった。

　ピアサについてはほとんど知られていないが、もとの岩絵には、この生き物が実物大で描かれていたという。それは何かの警告だったのかもしれない。あるいは少なくとも、強力な首長が支配する部族の所有地に入ろうとしていることを、旅人に知らせる標識だったのかもしれない。

アヴァン・ユ（アワンユ）

　壁画や、アメリカ先住民の陶磁器のモチーフとして描かれたアヴァン・ユは、水の守護者とされる蛇神である。おもにニューメキシコやアリゾナを流れる川の近くの洞窟で見られ、その体はつねに水や波を思わせる曲線で表現されている。頭には1本か2本、あるいは3本の角があり、舌は稲妻を連想させる。こうした絵が川の近くで発見されてきたことから、かの地で砂漠に住み、川を命の綱としていた人々にとって、アヴァン・ユが、流れる水の重要さを象徴していたことは明らかである。

ケツァルコアトル──羽根の生えたドラゴン

　メキシコの広大な砂漠の南から、ユカタン半島のサヴァンナ、さらに現在は中央アメリカとして知られる細長い陸地の熱帯雨林へと広がる地域では、ヨーロッパ人が到来するずっと昔、偉大な文明が栄えていた。トルテカ族、アステカ族、マヤ族は、互いに多くの点で異なっていたが、彼らが共通してもっているものがひとつあった。羽根の生えた巨大な竜神が、人間の存在そのものの中心的支柱をなすという信仰である。この恐るべき神は、ケツァルコアトルとして広く知られた。

　しばしば「羽毛の生えた蛇」とも呼ばれるケツァルコアトルは、毒牙のある恐ろしい頭に鮮やかな羽根の冠をかぶった大蛇の姿で、彫刻やモザイクに描かれている。こうした表現の多くでは、とぐろを巻いた蛇のような

第 7 章　　　　　　　　　　　　そのほかの文化のドラゴン

体が羽根や羽毛で飾られ、引きずられた尾の先端がいくつもの房に枝分かれしている。スペイン人による征服のあとに描かれた有名な壁画では、ケツァルコアトルが、人間の軍勢を丸ごと飲み込めるほどに大きく口を開けている。

遠い過去の創造神

　メソアメリカの世界観では、現在は 5 番目の時代——第 5 の太陽の時代——にあり、それ以前の世界は、いずれも神々の戦いによって破壊された。ケツァルコアトルは、こうした各時代の神話において突出した役割を果たした。この羽根の生えたドラゴンは、宇宙の主要な神々の一柱であり、原初の創造主の直系の子孫として、4 つの方角のうちの西を司っていた。宵の明星の金星をシンボルとするケツァルコアトルは、地球と天空のあいだに境界をなす手助けをした。

PART 2　　　　　　各地の文化に伝わるドラゴン神話

　ケツァルコアトルは、原初の神オメテオトルの4人の息子のひとりだった。オメテオトルは息子たちを生み出したのち、創世の仕事からに身を引いた。それぞれ強大な神となった息子たちは、現在の世界と大気、海、そしてミクトランと呼ばれる冥府をつくった。そして天空ができると、彼らは協力して太陽を空に引き上げた。

神の恩恵

　数多くの野蛮で残忍な神々を生み出し、これを崇拝した宗教的気風のなかで、ケツァルコアトルが、人々の目にいつも情け深い神として映ったというのは興味深い。ケツァルコアトルがこの世にトウモロコシをもたらし、豊饒を助け、好天に寄与してくれていると考えた人々にとって、この羽根の生えたドラゴンは、つねに光と風と慈悲の神だった。

　しかし、ケツァルコアトルだけは、かつて破壊された時代に失われた人間の欠片——猿や巨人などの断片も含めて——を集めるため、冥府に赴いた。これらの欠片を地上に持ち帰ったケツァルコアトルは、みずからの舌や鼻孔や性器を傷つけ、その血を使って欠片から人間を形成した。こうして彼は、人間を創造した神となった。

多くの顔をもつドラゴン

　ケツァルコアトルのもっとも印象的な姿は、羽根の生えた巨大な蛇というものだが、獲物を貪る大きな口や、羽毛に覆われた長い尾をもつこのド

164

転落の伝説

ケツァルコアトルは、テスカポリトカという暗黒の神——闇夜、欺き、妖術、そして大地そのものの主——と長く対立関係にあったとされる。テスカポリトカは、自然界で風を支配するケツァルコアトルとは反対の立場にあった。太陽を天空へ引き上げた4人兄弟のなかでもとくに強力なふたりは、不倶戴天の敵同士だった。

あるとき、策略の神だったテスカポリトカは、ケツァルコアトルを騙して強い酒を飲ませ、この兄弟を致命的な罠に陥れた。酔って気が狂ったケツァルコアトルは、禁欲を誓って独身を貫く妹の女神と関係をもってしまう。酔いから覚め、罪悪感にさいなまれた彼は、人間世界を去ることを決意した。

物語のあるバージョンでは、ケツァルコアトルは大きな火事を引き起こし、みずからその炎に飛び込んで自滅した。またべつの物語では、恥辱を受けたケツァルコアトルがメキシコを捨て、蛇の筏に乗って東へ旅立つ。善かれ悪しかれ、いつか暦の「一の葦」の年に戻ってくると約束した彼の予言は、のちにスペインのコンキスタドールの到来という重大な出来事と結びつけられた。

ラゴンは、人間の姿になることもできた。また、風と空気を支配するケツァルコアトルは、さらに風の神エエカトルとなって渦を巻いた。実際、エエカトルを称えて建てられた神殿の多くは、空気の抵抗を減らすため、平らな壁や角のない円形——そうした神殿はメソアメリカではほかにない——とされた。

ケツァルコアトルが領有した時代をとおして、そして彼が本質的に善良

だった証として、この羽毛の生えた蛇は、暦や文字の考案者としても称えられた。ケツァルコアトルは祭司の保護者でもあったことから、いくつかの文化では、彼の名が高位の祭司によって用いられた。実際、トルテカ族に取って代わった（がアステカ族よりもまえの）社会では、支配者が「ケツァルコアトル」と呼ばれた。

羽毛の生えた蛇とメキシコの征服

　1519年、スペインの探検家で征服者のエルナン・コルテスは、メキシコの現ベラクルス市付近の海岸に上陸した。黄金の都という噂に心を奪われたコルテスは、アステカ族の野蛮な彫像や残忍な生贄の儀式に衝撃を受けながらも、部下たちを内陸にあるアステカの都テノチティトランへと率いた。その途中、彼らの目に留まったのが、恐ろしい牙と鮮やかな羽毛が描かれたケツァルコアトルの絵だった。

　アステカ族は、人身御供の大掛かりな儀式によってスペイン人を震え上がらせた。ケツァルコアトルは人身御供によって崇拝される神ではなかったが、牙をもち、羽毛に覆われた空飛ぶ蛇の姿は、当時のキリスト教徒が抱いていたドラゴンのイメージにぴったりだった。このことは、悪魔の化身たる邪悪な生き物を崇拝する人々に対して、自分たちは聖なる仕事をしようとしていると、コンキスタドールたちを納得させる助けとなった。も

ちろん、そうした大義名分は、彼らが貴重な純金を略奪することの正当化にもつながった。

スペイン人がテノチティトランにやって来たのは、ちょうど「一の葦」の年だった。おそらく、一部のアステカ人や彼らの王モクテスマは、コルテスがじつは——人間の姿となった——ケツァルコアトルで、さきの時代に立ち去った地へふたたび戻ってきたのだと信じたに違いない。そうでなければ、そんな小さな侵略者の一団が、いきなりアステカの支配を無力化し、新世界でもっとも強力な戦闘国家をたちまち完全征服できたはずがない。

実際、ケツァルコアトルの転落伝説では、彼が人間世界にふたたび戻り、破滅をもたらすことが示唆されている。わずか2年後、コルテスの征服作戦が終結するまでに、アステカの壮麗な都テノチティトランはスペイン軍の大砲によって爆破され、瓦礫と化していた。さらに、それまで知られていなかった天然痘の災禍によって、膨大な数の先住民が命を落とした。ケツァルコアトルの神話や予言が、メソアメリカ社会にもたらされた破壊と結びつき、さらには現地の人々のほぼ完全なキリスト教化に直結したことは明らかである。

サハラ以南のアフリカのドラゴン神話

ダオメー

ダオメーは、現在のベナン共和国のあたりにあったアフリカの王国で、蛇崇拝の中心地だった。儀式の拠点となったウィダーには、約50匹の蛇が棲む神殿が建っていた。なかでもニシキヘビは主要な種族だったようで、人々に高く崇敬されていた。この蛇神は、コンゴやナイジェリアなど、アフリカのほかの地域で崇拝されていた「虹の蛇」の一種とされることもある。蛇信仰はハイチに伝えられ、一部の要素は今もヴードゥー教のなかに残っている。

「虹の蛇」は、さまざまな文化に伝わる神話で中心となる巨大なニシキヘビだった。水蛇だった「虹の蛇」は、乾季には沼に棲み、人間に対して親切で友好的といわれた。

エチオピアン・ドリーム

エチオピアの山地に棲むエチオピアン・ドリームは、4枚の翼をもち、2本の足には鉤爪がついていた。象を殺して食べられるほど巨大なこのドラゴンは、悪臭のある有毒な息を吐いた——彼らは毒性の植物を食べる習性があったため、その息はなおさら命取りとなった。ある伝説によれば、数匹のエチオピアン・ドリームが、「柳の木の枝」のように絡まり合い、筏となって航海に出た。彼らは新鮮な獲物を求めて、はるかアラビアまで海を渡ったという。

アンフィスバエナ

リビア生まれのこの伝説の生き物の名は、「両方向に進むこと」を意味する。とぐろを巻いた細長い体は鱗に覆われ、その両端に頭がある蛇として描かれることが多い。『博物誌』で知られるローマの大プリニウスによって、後世に伝えられることとなった。一方、これとよく似たべつの生き物で、南半球の未開の島々に棲むとされたアンフィスバエナは、頭は同じくふたつあったが、亀のような甲羅をもつとされた。

アンフィスバエナは、どちらの方向にも全速力で走ることができた。翼をもつ姿が描かれることもあったが、この翼は形だけのものだったようだ——実際に飛べるとは考えられていなかった。しかし、彼らは一方の口でもう一方の首をくわえ、輪をつくることによって、地面をすばやく転がることができた。また、卵を抱いているときの雌のアンフィスバエナは、どちらかの頭がつねに目覚めていて、巣がけっして無防備にならないように

第 7 章　　　　　　　　　　　そのほかの文化のドラゴン

した。さらに、目は石油ランプのように明るく輝き、寒さにも影響されなかった。一方あるいは両方の口から有毒な息を吐き、怒るとシューッという大きな音を発した。少なくともひとつの伝説によれば、アンフィスバエナが脱ぎ捨てた皮を人間が杖に巻きつけると、毒蛇ばかりか、ほかの生き物たちも撃退できたという。

ゴルゴンの血

ギリシア神話によれば、英雄イアソンがゴルゴン 3 姉妹のメドゥーサ（その髪には蛇が絡み合い、その目は見る者を石に変えた）を退治したとき、彼は頭を切り落とし、その頭を抱えて地中海を飛んだ。切断された頭から、リビアの砂漠に血が滴り落ち、そこにアンフィスバエナが生まれたという。

いち、に！ いち、に！ ぐっさりぐさり、

目にも止まらぬけしにぐの剣、手練の早業！

横たわりたる死体より刎ねたる首をば小脇にかかえ、

たからからからと帰り来たりぬ。

「なんと、なんじ、ジャバーウォックを討ちとったとな？

さても、かんがやかしきわが息子よ、この腕に来たれ！

おお、よろころばしき日よ！ カルー！ カレー！」

親爺どの、心おどりていびき笑いけり。

——ルイス・キャロル「ジャバーウォックの歌」（高橋康也・沢崎順之助訳）より

PART 3

ポップカルチャーのなかのドラゴン

DRAGONS OF MODERN POPULAR CULTURE (AND BEYOND)

PART 3　　　　　　　　　　ポップカルチャーのなかのドラゴン

第8章
小説のなかのドラゴン

ルイス・キャロルの「ジャバーウォックの歌」には、一度も「ドラゴン」という言葉が出てこない。にもかかわらず、これがドラゴン殺しを歌った詩だとわかるのは、読者がその動きを鮮明にイメージできるだけの細かい表現——「食らいつくその顎、かきむしるその爪」——がなされているからである。実際、この「ジャバーウォックの歌」の面白さは、作者の意味するものが、私たち読者にもはっきりわかるように言葉がつくられ、使われているところにある。つまり、ドラゴン神話とは、人々の想像力や文学において、それだけ普遍的なものであるということだ。

本章では、ドラゴンが主役、あるいはその敵役として登場する小説をいくつか紹介する。もちろん、ドラゴンをテーマとした小説や物語、詩やシリーズ本をはじめ、ドラゴンに言及した本やドラゴンが含まれる本のすべてを検証することは不可能だ。したがって、ここではそうしたジャンルのなかでも、とくによく知られる作品を取り上げた。これらは、インスピレーションの源をどこに求めるかについて、きっと参考になるはずだ。

『ホビットの冒険』のスマウグ

　ファンタジーの巨匠、J・R・R・トールキンの小説に登場するこのドラゴンは、ときに「黄金竜」として知られ、西洋の古典的なドラゴンのイメージを体現している。小説に描かれているように、スマウグは何世紀も昔から生きている巨大な邪竜で、エレボール（はなれ山）のドワーフたちが集めた伝説の財宝を狙って、中つ国の北から飛来する。

　ドワーフの先祖たちは、何世代にもわたって、中つ国の地下深くから鉱物を掘り出してきた。彼らが築いた「山の下の王国」は繁栄し、やがてその繁栄に引き寄せられて、人間たちが山の麓に住むようになった。彼らがつくった「谷間の町」もまた栄え、手の込んだ細工物を売るおもちゃ屋は名所となった。ドワーフの優れた職人技は人間たちに高く買われ、小人族のこうした手仕事による利益は、彼らの莫大な財産をさらに増大させた。

　当時、「山の下の王国」の王だったスロールは、偉大な統治者であるとともに、大変な金持ちだった。その富に目をつけたのが、邪悪なドラゴンたちで、なかでもスマウグはもっとも邪悪にして凶暴だった。彼は王国を襲うために北の荒れ地から飛来し、まず山の頂上に着地して、火の息で森を燃やした。ドワーフ軍は隊列を組み、山の門から出陣したが、助かった者はひとりもいなかった。スマウグの猛威によって、多くの勇者たちが黒焦げにされ、叩き潰された。

　山から流れる川の水面がもうもうと沸き立つと、その蒸気のなかからスマウグが現れた。竜は「谷間の町」の軍隊に襲いかかり、人間の戦士たちのほとんどを殺した。スマウグは取って返して、今度はドワーフの王国の表門を突き破り、地下の広間に入り込んで、果敢に抵抗するドワーフたちを皆殺しにした。王とその息子をはじめ、わずかな生存者たちは秘密の扉をとおって逃げたが、襲撃のとき、たまたまそこにいて助かった王の孫トーリンは、先祖代々の王国が破壊される様子を、ただ怯えて見ていることしかできなかった。

第 8 章　　　　　　　　　　　　　　小説のなかのドラゴン

　それから約150年、山の下に棲みついたスマウグは、財宝をうず高く積み上げ、それをベッドにして眠った。柔らかい腹部にはたくさんの宝石が貼りつき、まるで鱗の鎧のようになっていた。はなれ山の財宝を奪ってからというもの、スマウグは、「谷間の町」に残っている人間たちを襲っては、しばしば若い娘を連れ去った。人々は黒焦げになった町を捨て、やがて山の周辺は不毛な荒れ地となった。もしあの頼りない一団の勇気ある挑戦——実際には無謀な冒険——がなかったら、スマウグは永遠にそこにとどまったかもしれない。

　一団を率いたのは、灰色のガンダルフと呼ばれる魔法使いで、彼はその英知から、中つ国に闇の勢力が迫っていることを知り、スマウグがその闇に加担することを恐れた。そんなガンダルフに積極的に協力したのは、王の孫トーリンをはじめとする13人のドワーフだった。最後に一団に加わったのが、ホビット庄のビルボ・バギンズで、彼はほかの者たちほど熱心ではなかったが、良識があったからといって英雄らしさが損なわれたわけではない。こうして15人の一団は、数々の苦難を乗り越え、ついに秘密の扉を見つけてはなれ山に入る。スマウグの唯一の弱点を見つけたのはビルボで、竜の胸もとには、宝石の鎧がほころんだ箇所があった。

　一団の侵入に怒ったスマウグは、姿を現し、彼らとその近くの「湖の町」の

PART 3 ポップカルチャーのなかのドラゴン

戦士たちに襲いかかった。この戦士たちのひとりが、人間の血を引く弓の名手バルドで、スマウグの弱点を知った彼は、そこをめがけて死の矢を放った。矢はスマウグの胸のほころびを射抜き、心臓にまで達して、竜の命を奪った。はなれ山周辺の地は、こうしてドラゴンの恐るべき支配から解放された。

専門家の作者

オックスフォード大学の教授だったJ・R・R・トールキンが『ホビットの冒険』（1937年出版）を書いたとき、彼は初期英文学の権威として、また近代ヨーロッパ史の根底をなす神話や伝説を研究する専門家として、すでに有名だった。火を噴くドラゴンが出てくる古英語詩『ベーオウルフ』についての彼の分析は、今なお重視されている。トールキンの小説に、古代神話の要素を多く含み、現代のファンタジー小説の原型となった邪悪で凶暴なドラゴンが登場したのは、ごく自然なことだった。

『ゲド戦記』の竜

多島海世界アースシーには、魔法を使う才のある人間たちのほか、繁栄を続ける竜族など、多くの空想動物が棲んでいる。著者アーシュラ・K・ル＝グウィンが生み出したアースシーの世界は、これまで6作の小説の舞台となった。実際、アースシーの創造神話によれば、人間と竜はもともと同じ種族とされていたが、竜は火と風がもたらす自由を選び、人間は水と大地の物質的支配を選んだ。

第 8 章　小説のなかのドラゴン

　物語のなかで、竜たちは多島海の西の果てを根城としているが、ときに食料や財宝を奪うため、人間の王国を襲撃する。大半の人間は竜に抵抗したり、彼らと戦ったりすることはできないが、魔法使いとなった少数の人間たちは、竜を迎え撃つ力をもつ。竜族が島々を荒らし回るのを阻止しているのは、こうした魔法使いたちである。

　アースシーの竜たちは、本質的に善良でも邪悪でもなく、むしろ浮世離れして超然としている――それが危険なところでもある。何世紀も昔から生きている彼らは、人間を未熟で卑しい、興味に値しない存在と考えている。竜

ファンタジーの新たな試み

　アーシュラ・K・ル＝グウィンは、1960年代に『ゲド戦記』シリーズを書き始め、アースシーという不朽のファンタジー世界を生み出した。6作の小説といくつかの短編からなるこのシリーズは、最初の短編が1964年、最初の小説――『ゲド戦記Ⅰ　影との戦い』――が1968年に出版された。それまでの多くのファンタジー小説と異なり、ル＝グウィンの作品では、**女性キャラクターの存在が重視されている**。

たちの話す言語は、「天地創造のことば」とされ、彼らだけが操れる太古の言葉である。ただし、魔法の才をもった少数の人間のうち、竜王という高い地位を得た者たちは、基本的な竜語が話せるため、彼らと意思の疎通ができる。

『パーンの竜騎士』の竜

　アン・マキャフリイの大人気シリーズ『パーンの竜騎士』では、20作を超える壮大なストーリーをとおして、竜が独特の視点で描かれている。パーンの世界では、火を噴く竜の背中に人間がまたがったりするが、本作はじつはファンタジー小説ではなく、SF小説である。そこでは魔法や超自然的能力は使われず、信じられてもいない。それどころか、竜はパーンで特別な任務を果たすため、遺伝子的操作によって生み出された生き物である。

　惑星パーンは、何世紀もまえ、宇宙を旅する人類によって植民地化された。そんなパーンにとっての脅威は、数世紀に一度しか起こらないという特異かつ危険な現象である。「糸胞」と呼ばれる胞子生物が、凄まじい破壊力をもって空から降り注ぎ、肉などの有機物を化学作用によって食い荒らす。パーンの竜たちは、この糸胞に立ち向かうため、人間の入植者たちによって生み出された。襲来した糸胞は、約50年間降り続き、その後200年はやって来ないという。

第 8 章　　　　　　　　　　　　　　小説のなかのドラゴン

　パーンの初期の入植者たちは、惑星固有の火蜥蜴（ひとかげ）という爬虫類から、竜を繁殖させた。巨大な蛇のような姿をした竜は、2枚の大きな翼で空を飛び、火の息を噴くことができる。この火は大気中の糸胞を焼き払い、それらが着地して、被害をもたらすのを阻止することができた。

　パーンの竜たちは、西洋神話に出てくるドラゴンの典型のように見える。しかし、彼らの体は鱗ではなく、滑らかな革状の皮膚で覆われている。また、成長が速く、約1年半で成体に達する。さらに、孵化直後の竜は、最初に餌をくれた存在——たいてい人間——に対して、「感合」と呼ばれる一種の刷り込みを起こす。竜と竜騎士とのあいだには、こうして生涯にわたる強い絆が形成される。そもそもパーンの竜の遺伝子コードは、人間の命令を受け入れるように設計されており、ほとんどの場合、竜は竜騎士の要求に進んで従う。

　パーンの竜には、竜騎士や近くにいるほかの竜たちと意思の疎通ができるテレパシー能力が備わっている。また、「間隙をくぐること」により、世界のどんな場所にも一瞬で空間——ときには時間——移動することもできる。彼らは竜騎士や荷物とともに、いったん極寒の亜空間へ入り、数秒後、この「間隙」を抜けて、目的の場所に出る。万一、竜騎士がさきに死んだ場合、竜はこの間隙に飛び込み、そこからどこにも出ないまま自殺を遂げる。

『ドラゴン・ウォーズ』のドラゴン

　1976年の『ドラゴンになった青年』をはじめとする、ゴードン・R・ディクスンの「ドラゴン・ウォーズ」シリーズ［訳注：アメリカでは、The Dragon Knight（ドラゴン・ナイト）シリーズとして全10作が出版されているが、邦訳は2作目の『ドラゴンの騎士』まで］は、ジムとアンジーという現代のカップルをめぐる緻密で愉快なファンタジーである。実験の失敗によって中世イングランドに転送されてしまった恋人アンジーを

追って、みずから過去に飛び込んだジム。そこは魔法やドラゴンが実在する異次元のイングランドだった。しかも、ジム自身がドラゴンに変身している。アンジーは人間のままだが、彼女は「暗黒の力ある者たち」に連れ去られ、「不吉の塔」に囚われてしまう。

　シリーズ第1作の魅力のひとつは、物語がドラゴンとなったジムの視点で語られるところにある。みずからの力の限界を知ったジムは、騎士や魔法使いたちから助言を受ける。最終的に、彼は誠実な仲間たちの助けを借りて、アンジーを救い出し、ふたたび人間の姿に戻る。シリーズが進むと、ふたりは中世の世界にとどまることを決意し、ジムは男爵として一城の主となる。

　この物語の面白さは、南京虫やシラミ、下痢といった問題、あるいは堀の底をさらうといった現実的な雑役など、著者が中世の日常の暮らしを細かく描いているところにもある。また、魔法使いやドラゴンを管轄する「勘定の係」という魔法のお目付け役が存在し、一連の壮大な任務に臨むとき、ジムは——ときには自分から、ときには勘定の係の命令で——しばしばドラゴンに変身する。

『ドラゴンランス戦記』

　1984年にマーガレット・ワイスとトレイシー・ヒックマンによって生み出され、その後も数々の作家によって共有されてきたクリンの世界は、豊かな歴史に彩られたファンタジーの地で、人間やドワーフ、エルフなど、さまざまな種族が棲んでいる。そこはまた、あらゆる種のドラゴンの棲み処であり、領地でもある。クリンに出てくるドラゴンは、善悪という道徳の両面を象徴している——色彩竜（赤、緑、黒、青、白）は、「暗黒の女王」と呼ばれる5つ首の女神タキシスに仕える一方、金属竜（銅、真鍮、青銅、銀、金）は、偉大なるプラティナム・ドラゴンにして善の神パラダインに仕える。

第 8 章　　　　　　　　　　　　　小説のなかのドラゴン

　クリンを舞台とする物語については、これまでに 190 作を超える小説が発表されてきた。最初の 3 部作——『秋の黄昏の竜（Dragons of Autumn Twilight）』（日本語版では『ドラゴンランス戦記 1　廃都の黒竜』と『ドラゴンランス戦記 2　城砦の赤竜』の 2 分冊）、『冬の夜の竜（Dragon of Winter Night）』（『ドラゴンランス戦記 3　氷壁の白竜』と『ドラゴンランス戦記 4　尖塔の青竜』の 2 分冊）、『春の夜明けの竜（Dragons of Spring Dawning）』（『ドラゴンランス戦記 5　聖域の銀竜』と『ドラゴンランス戦記 6　天空の金竜』の 2 分冊）——では、かつて地上から姿を消したと思われていたドラゴンの再来が描かれている。最初に現れたのは、暗黒の女王に仕える邪竜たちだった。甲冑の騎士や指揮官を乗せたこれらの色彩竜たちは、世界を席巻する女王の侵略軍の前衛部隊として飛来し、クリンに混乱と破壊をもたらした。彼らの支配を免れたのは、ごくわずかな地域だけだった。

　一方、少数の勇敢な戦士たちの介入により、「誓い」から解放された金属竜たちも、きわどいタイミングで帰還し、善の勢力の戦列に加わる。これらの善竜にまたがった騎士たちが手にしているのは、竜槍（ドラゴンランス）と呼ばれる強力な武器で、敵のドラゴンに深傷を負わせることのできる魔法の槍である。そんな究極の武器を携えた騎士と善竜たちが、天空で「暗黒の女王」の邪竜軍と戦闘を繰り広げ、クリンの人々の未来に希望をもたらす。

　その後の小説では、「竜槍戦争」前後のクリンの様子が詳しく描かれている。こうしたクリンの物語世界は、数多くの作家によって共有され、おそらくファンタジー小説の分野では、もっとも緻密に描かれた「シェアード・ワールド」となっている。

ハリー・ポッターの世界のドラゴン

　空前の世界的大ヒットとなった「ハリー・ポッター」シリーズは、自分が魔法使いであることを知ったイギリスの少年を主人公とする冒険物語で

PART 3　　　　　ポップカルチャーのなかのドラゴン

ゲームから生まれた小説

　「ドラゴンランス」の物語が展開されるクリンの世界は、もともと
TSR 社のゲーム・デザイナーによって、冒険 RPG『ダンジョンズ
&ドラゴンズ』の舞台としてつくられた。主要ゲーム・デザイナー
のトレイシー・ヒックマンと、同社の書籍部門のマーガレット・ワイ
スのふたりが、最初の「ドラゴンランス」小説を執筆し、大きな
商業的成功を収めたことで、ゲームを基盤とする小説という新た
な分野を切り開いた。TSR（のちにウィザーズ・オヴ・ザ・コース
トとマーガレット・ワイス・プロダクションズ）によって発表された一
連のゲーム関連製品では、緻密に構成されたクリンの世界を舞台
に、ドラゴンをはじめとするさまざまな生き物やキャラクターが描か
れている。

ある。作者の J・K・ローリングが、この壮大なファンタジーのために生
み出した舞台にふさわしく、ホグワーツの世界では、ありとあらゆる種類
のドラゴンが紹介されている。これらのドラゴンは物語の中心ではないも
のの、作者の想像力を生き生きと表現し、「ハリー・ポッター」シリーズ
全 7 巻をとおして、スリリングな冒険の雰囲気を伝えている。

グリンゴッツの守護者

　魔法界の中央銀行といえば、ゴブリンが設立し、経営するグリンゴッツ
魔法銀行である。この歴史ある高名な銀行の地下には、金庫が並ぶ迷路の
ような回廊があり、そこに魔女や魔法使いたちの預けた財宝が保管されて

第 8 章　　　　　　　　　　　　　　　　　　小説のなかのドラゴン

いる。金庫に到達するには、車体を傾け、荒々しくレールを走るトロッコ
に乗っていくしかない。これらの金庫には、財宝を守るために多くの魔法
のセキュリティー対策がなされているが、グリンゴッツのゴブリンたち
は、ドラゴンに見張らせるという昔ながらの警備体制もとっている。

対抗試合の課題

　ハリー・ポッターの世界に登場するさまざまなドラゴンがもっとも詳し
く描かれているのは、『ハリー・ポッターと炎のゴブレット』だろう。ゴ
ブレットによって選ばれた４人の生徒が、魔法学校対抗試合で一連の課題
に挑むことになる。第一の課題は、野蛮で気の荒いドラゴンから金の卵を
盗み出すこと。ここに出てくるのが、ウェールズ・グリーン種、スウェー
デン・ショート–スナウト種、中国火の玉種、そしてもっとも凶暴なハン
ガリー・ホーンテール種の４種である。
ドラゴンは、あらゆる文化にあらゆる形で伝わっているが、彼らに共通す
るのは、見る者に畏怖の念を起こさせるという特徴だ。人間の視覚に訴え
る映画は、恐怖であれインスピレーションであれ、こうした畏怖の感覚を
生じさせるのに適した媒体である。ただし、これまで多くの映画でドラゴ
ンが描かれてきたが、そのもっとも典型的なイメージは、恐ろしい怪物と
しての姿である。

ドラゴンの種類

『幻の動物とその生息地』（J・K・ローリング）では、著者のニュート・スキャマンダーが、ハリー・ポッターの世界で見られるドラゴンについて、（とりわけ）詳しく説明している。

● オーストラリア・ニュージーランド・オパールアイ種
● チャイニーズ・ファイアボール種／中国火の玉種
● ウェールズ・グリーン普通種
● ヘブリデス・ブラック種
● ハンガリー・ホーンテール種
● ノルウェー・リッジバック種
● ペルー・バイパーツース種
● ルーマニア・ロングホーン種
● スウェーデン・ショートースナウト種
● ウクライナ・アイアンベリー種
● カタロニア・ファイアボール種
● ポルトガル・ロングースナウト種

第 9 章
映画のなかのドラゴン

ドラゴンは、あらゆる文化にあらゆる形で伝わっているが、彼らに共通するのは、見る者に畏怖の念を起こさせるという特徴だ。人間の視覚に訴える映画は、恐怖であれインスピレーションであれ、こうした畏怖の感覚を生じさせるのに適した媒体である。ただし、これまで多くの映画でドラゴンが描かれてきたが、そのもっとも典型的なイメージは、恐ろしい怪物としての姿である。

20世紀半ばをとおして、ドラゴンは、ウォルト・ディズニーの名作『眠れる森の美女』のような芸術的アニメーションや、『シンバッド七回目の航海』において、特撮の名匠レイ・ハリーハウゼンが用いたようなストップ・モーション撮影によって表現されてきた。

そして現在、コンピューターによる特撮技術は進歩し続け、驚くべき特殊効果の可能性が幾何級数的に広がっている。当然、ドラゴンを描くための特殊効果も進化し、現代の映画作品として記憶に残るイメージがいくつも生み出されてきた。

小説の場合と同じく、これまで映画に登場したドラゴンすべてを挙げることは不可能だ。そこで本章では、今日でも視聴可能な作品のなかから、とくに印象的な例を紹介する。

PART 3　　　　　　　ポップカルチャーのなかのドラゴン

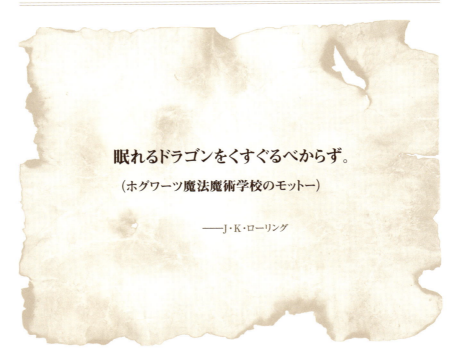

眠れるドラゴンをくすぐるべからず。
（ホグワーツ魔法魔術学校のモットー）

——J・K・ローリング

アニメ映画のドラゴン

　カラー映画の黎明期、アニメーションの技術は映画に魔法を吹き込み、ウォルト・ディズニー・スタジオはその主要な担い手だった。当時、ディズニー映画のフレームは、ひとコマずつ手描きされていた。現在、アニメ映画はやはり人間のアーティストによってつくられているが、画像をスムーズに動かすにはコンピューター機器が使われている。いずれにせよ、アニメーションは、私たちがドラゴンとして知っている恐ろしい大蛇のイメージを、数多く生み出してきた。

『眠れる森の美女』（Sleeping Beauty）

1959年、ウォルト・ディズニー・プロダクションが童話をもとに製作

第 9 章 　　　　　　　　　　　　　映画のなかのドラゴン

したこの映画は、いわゆるディズニーのアニメ物語「第1世代」の最後の作品である。ただし、これはドラゴンが中心の物語ではない。敵役のマレフィセントは、魔女のような雰囲気の邪悪な妖精で、魔術を使って姿を変えることができる。実際、映画のクライマックスでは、見事なまでに恐ろしいドラゴンに変身する。ハンサムなフィリップ王子を崖の端まで追いつめ、火の息を噴き、唸り声を上げ、巨大な翼をばたつかせる。しかし、もはやこれまでと思われたそのとき、3人の善良な妖精たちが、王子の剣に魔法をかける。王子が投げつけた剣はドラゴンの心臓に突き刺さり、マレフィセントは息絶える。こうして万事めでたしのハッピーエンドとなる。

『フライト・オブ・ドラゴン』（The Flight of Dragons）

この映画は、1982年に公開された主要なアニメ映画である。物語の舞台は、科学の台頭によって魔法が衰退しつつある世界だ。4人の魔法使い——いずれも強力なドラゴンを相棒にもつ——が集まり、せめてひとつの限られた王国のなかで魔力を維持しようと話し合う。しかし、邪悪な赤の魔法使いだけはこれに反対し、人間たちを支配しようと考える。

そこでこの魔法使いを倒すため、ひとりの騎士とドラゴンが冒険の旅に出る。さらに、魔法によって現代の世界から運ばれてきた青年ピーターが、彼らに加わる。ピーターは、呪文をかわすことのできる盾と、ドラゴンを眠らせることのできる笛を与えられる。ところが、魔法の失敗により、ピーターの心がドラゴンの体に入り込んでしまう。慣れない体で苦労するピーターだったが、熟年のドラゴンに助けられ、竜としての生き方を学んでいく。

この映画では、魔法と科学が見事なコントラストをなしており、ピーターの科学的知識が役立つこともあれば、妖術や呪文が助けになることもある。最終的に、一行は邪悪な魔法使いに仕えるドラゴンの軍勢に立ち向かうことになるが、魔法の笛の助けもあって、善の力が悪に打ち勝つ。

187

ピーターはもとの姿、もとの時代に戻り、残ったドラゴンたちも、最後にはまだ魔法が生きている王国へと引き下がる。

『シュレック』（Shrek）とその続編

2001年にPDI／ドリームワークスによって公開されたこの作品は、ドラゴンが中心の映画ではない。しかし、ここに出てくるドラゴン——ただ「ドラゴン」と呼ばれる——は、重要な役割を果たしており、その独特の哀感は、映画のなかのドラゴンを語るうえで、触れずにはいられない特徴である。

この映画には、おとぎ話のさまざまな要素がパロディとして取り入れられ、とくに「ディズニー的」な世界観やそのマーケティングに対する皮肉が込められている。ここでのドラゴンの役目は、塔に囚われている姫を見張ることである。姫には、彼女を助けに来た「運命の人の最初のキス」でしか解けない呪いがかけられていた。

怪物のシュレックは、住み慣れた沼地をただ取り戻したいだけだったが、そのためには姫を救い出す必要があった。そこで、誠実だがおしゃべりのロバ、ドンキーとともに城に潜入し、塔に登って姫を救い出す。一方、ドンキーは城でドラゴンと遭遇するが、相手が雌だとわかると、彼女をおだててその気にさせる。そこへ姫を連れたシュレックが戻ってきて、ドンキーを助け出す。3人は、迫り来るドラゴンの火の息を受けながら、迷路のような城内を走り抜ける。シュレックのちょっとした機転で、ドラゴンは鎖に巻かれ、火の息もぎりぎり届かず、3人は何とか脱出に成功する。

この時点で、ドラゴンの出番は終わりとなるのが普通だが、シュレックと喧嘩したドンキーは、森で自分に恋い焦がれるドラゴンを見つける。ふたりは親密になり、ドンキーもシュレックと仲直りする。そして姫への愛に気づいたシュレックは、ドラゴンの背に乗って城へ向かい、姫と卑劣な

第 9 章　　　　　　　　　　　　　映画のなかのドラゴン

領主との結婚を土壇場で阻止する。ここでも、ドラゴンは重要な役割を果たし、領主をぱくりと飲み込んで、その企てを永遠に葬る。

『シュレック3』の最初でも、ドンキーが最愛の家族を残し、新たな冒険に出かけようとする場面で、ドラゴンが少しだけ登場する。小さな翼を生やし、小さな火を噴く子供たちを連れたドラゴンを見て、パパになったドンキーは誇らしく思う。さらに終盤でも、ドラゴンにはちょっとした役割があり、舞台でラプンツェルの塔を押し倒し、悪役のチャーミング王子をその下敷きにする。

『ヒックとドラゴン』 (How to Train Your Dragon)

　2010年にドリームワークスによって公開されたこの映画では、無数のドラゴンがリアルに表現されている。物語の舞台は、ヴァイキングの一族が住むバークという架空の島だ。そこでは家畜や食料を奪うため、たびたび襲来するドラゴンたちとの長年の戦いが続いていた。そのため島の者にとって、ドラゴンを退治できることは一人前の証とされた。

　族長のストイックは、巨漢のヴァイキングだが、息子のヒックがひ弱な変わり者であることに悩んでいる。あるとき、ドラゴンを退治して名を上げようとしたヒックは、偶然にもナイト・フューリーという幻のドラゴンを撃ち落とす。だが、その現場を見た者はいなかった。ヒックは森で傷ついたドラゴンを見つけるが、どうしてもとどめの一撃を加える勇気が出ない。それどころか、ヒックはドラゴンとしだいに心を通わせ、彼を「トゥース」——歯を出し入れできるため——と名づけた。

　ヒックは、トゥースがふたたび飛べるように人工の尾をつくってやり、さらに自分がその背に乗って操縦するための装具もつくった。一方、ストイックは、ヴァイキングの船団を率いてドラゴンの巣穴を探しに出るあいだ、ヒックに「ドラゴン訓練」を受けるように命じる。トゥースとの交流をつうじて知識を得ていたヒックは、訓練で優秀な成績を収め、ひそかに

189

好意を寄せていた少女アスティを苛立たせる。こうした場面のなかで、さまざまなドラゴンの情報が記された「ドラゴン・マニュアル」が登場し、ヒックは最終試験として、なかでも恐ろしいモンスター・ナイトメアと対戦することになる。

　ストイック率いるヴァイキングの船団は、巣穴の探索に失敗し、疲労困憊して帰還する。一方、ヒックの様子を怪しみ、彼を尾行したアスティは、森でトゥースを見つける。彼女はこの秘密をばらそうとするが、ヒックとともにトゥースの背に乗り、大空を自由に飛び回るうち、それまでの恐怖は喜びに変わった。

　ところが、急に向きを変えたトゥースは、無防備な若いふたりを乗せたまま、ドラゴンの群れに加わり、彼らとともに巣穴のある島へ飛んだ。そこでは、レッド・デスという巨大な親玉ドラゴンが君臨し、ほかのドラゴンたちに食料を調達させたり、彼ら自身を餌食にしたりしていた。ヒックとアスティは、トゥースを守るため、ドラゴンの巣穴のことは秘密にしようとする。

　しかし、モンスター・ナイトメアとの対戦でヒックに危険が及ぶと、トゥースは彼を助けようと人々のまえに姿を現す。ヒックの秘密に激怒したストイックは、トゥースを捕らえ、息子を勘当する。そしてトゥースの案内でドラゴンの巣穴を突き止めようと、補給を終えた船団を率いて、ふたたび出帆する。

　無力なトゥースを船に縛りつけ、一行が破滅への航海に出たことを知ったヒックは、ドラゴン訓練の仲間たちとともに、これを阻止しようと船団のあとを追う。トゥースを解き放ったヒックは、その背に乗って空へ舞い上がり、船団に襲いかかるレッド・デスの気をそらそうとする。果敢に邪竜を死の急降下へと誘ったふたりは、ついにレッド・デスを地面に激突させ、その爆発から間一髪で逃れる。

　ヒックとトゥースは英雄として迎えられ、こうしてヴァイキングとドラゴンの戦いは終わりを迎えた。

第9章　　　　　　　　　　　　　映画のなかのドラゴン

小説の『ヒックとドラゴン』

イギリスの作家クレシッダ・コーウェルの『ヒックとドラゴン』は、10巻を超える小説シリーズである。これらの物語では、ヒックとトゥース［訳注：小説では「トゥースレス」］をはじめ、ドラゴンであれ人間であれ、敵と戦うヴァイキングのさらなる冒険が描かれている。

非アニメ映画のドラゴン

『シンバッド七回目の航海』（The 7th Voyage of Sinbad、のちに『シンドバッド7回目の航海』に改名）

　1958年にコロンビア映画によって公開されたこの冒険映画では、模型のストップ・モーション撮影により、見事な特殊効果がなされている。まず、ドラゴンに先立って登場するのが、女のナーガである。4本の腕と蛇のような下半身をもつ彼女は、バグダッドの王子シンドバッドらをまえにした宴で、精緻な踊りを披露する。ナーガとドラゴンは、いずれも主役ではないが、この映画で重要な役割を果たしている。

　単眼の巨人サイクロプス、双頭の巨大鳥ロク、ランプの精ジニーなどとの冒険ののち、シンドバッドは魔術師ソクラの洞窟に入り、鎖につながれたドラゴンと遭遇する。彼は囚われていた姫を救い出すが、洞窟のそとではサイクロプスが待ち受けている。そこでドラゴンを解き放ち、代わりに巨人と戦わせる。あとを追ってきたソクラは、ドラゴンにシンドバッドの一行を襲わせようとするが、乗組員たちが大弓で反撃する。矢を受けたドラゴンは倒れて息絶え、ソクラもその下敷きになって死ぬ。

PART 3　　　　　　　　　ポップカルチャーのなかのドラゴン

第 9 章 　　　　　　　　　　　　映画のなかのドラゴン

『ピートとドラゴン』（Pete's Dragon）

　1977 年に公開されたこの作品は、アニメと実写を合成したミュージカル映画である。ウォルト・ディズニー・ピクチャーズによって製作された子供向けの作品で、アニメーションのドラゴンが登場する。舞台は約 100 年まえ、主人公の孤児の少年ピートは、意地悪な里親一家のもとを逃げ出してくる。ピートを 50 ドルで買った一家は、彼を連れ戻そうと追いかけてくるが、目に見えない不思議な力によって、ピートは彼らに捕まりそうなところを救われる。

　その不思議な力とは、姿を消すことのできるドラゴン、エリオットだった。つぎつぎと事件が起こり、気がつくと、ピートは小さな海辺の町にいた。しかし、人々に受け入れてもらおうとする彼の努力は、エリオットの悪戯のせいでことごとく水泡に帰す。しかも、エリオットの姿が見えないため、人々はピートが災いの原因だと思い込む。

　そんななか、ピートは灯台守の男やその娘ノラと親しくなり、彼らの家に身を寄せる。エリオットが実在することを知る人々──善人であれ悪人であれ──も、しだいに現れる。そこへ、蛇油を売り歩く詐欺師の男がやって来て、ドラゴンの体から薬をつくって大儲けしようと企む。彼はピートにエリオットを売るように迫るが、ピートは拒否する。男はエリオットを捕獲しようとするが、クライマックスの嵐の夜、エリオットは町の人々を危機から救い、大波で消えた灯台の火も火の息で蘇らせる。こうしてピートが幸せに暮らせる場所を見つけたことで、エリオットは彼に別れを告げ、困っているほかの子供のもとへと去っていく。

『ドラゴンスレイヤー』（Dragonslayer）

　1981 年にウォルト・ディズニー・カンパニーとパラマウントによって共同製作されたこの映画では、物語の中心となるドラゴンを描くため、約

16種類の模型──長さ約12メートルに及ぶものも含めて──が使われた。ゴー・モーションと呼ばれるこの特殊効果を手がけたのは、『スター・ウォーズ』や『レイダース　失われたアーク《聖櫃》』などで、すでに高い評価を確立していた「インダストリアル・ライト＆マジック」である。

　舞台は古代ローマ滅亡後、暗黒時代の6世紀で、ヴァーミスラックス・ペジョラティヴと呼ばれる400歳の邪竜が登場する。辺境の国ウルランドの王は、半年ごとにくじ引きで選ばれた処女を生贄として差し出すことで、この竜の怒りを鎮めていた。しかし、こんなことはいつまでも続けられないと、王は遠征隊を送り、偉大な魔法使いウルリクにドラゴン退治を依頼しようとする。一行はウルリクを見つけるが、悪党のティリアンが現れ、腕試しと称してウルリクの胸を刺す。すると不死身のはずのウルリクがあっけなく死んでしまい、見習いのゲイレンは大きな衝撃を受ける。

　ゲイレンは師ウルリクの遺体を火葬し、その遺灰と形見の魔除けを持ってウルランドへ旅する。遺灰は「燃える水」に撒けというのが、ウルリクの遺言だった。旅の途中、遠征隊のメンバーだったヴァレリアンがじつは女で、くじ引きを避けるために男に変装していることを知る。彼女によれば、くじは王女がけっして選ばれないように細工されているという。

　ウルランドに着いたゲイレンは、ドラゴンの巣穴の入り口に崖崩れを起こし、ドラゴンを封じ込めようとする。ティリアンはそんな彼を捕らえ、王のまえに引きずり出す。ゲイレンがドラゴンを殺さず、ただ怒らせただけだと考えた王は、ゲイレンから魔除けを取り上げ、彼を牢獄に閉じ込める。そこへ高慢な王女が嘲りにやって来るが、逆にくじが細工されていることを聞かされ、ショックを受ける。彼女は父王に詰め寄り、真相を知る。

　一方、巣穴から出たドラゴンは暴れ回り、キリスト教の司祭を殺すなど、国中で猛威を振るう。そんななか、新たにくじ引きが行なわれる。王女は、名前が書かれた札をすべて入れ替え、自分が選ばれるようにする。絶望した王は、ゲイレンに魔除けを返し、彼にドラゴン退治を懇願する。ゲイレンは、魔除けを使って槍に魔法をかけ、ヴァレリアンは彼にドラゴ

ンの鱗でつくった盾を与える。そうして戦いの準備をするうち、ふたりは
お互いへの愛に気づく。

　ゲイレンの王女救出作戦は、ティリアンとの一騎打ちのせいで遅れてし
まう。ようやくティリアンを倒したときには、王女はすでにドラゴンの巣
穴に入り、ヴァーミスラックスの子に食い殺されていた。ゲイレンは幼竜
たちを退治するが、母竜ヴァーミスラックスの退治に失敗する。魔法の槍
も折れてしまい、もはや炎の湖をとおって巣穴から逃げるしかなかった。

　しかし、ゲイレンは土壇場で、師ウルリクの遺言にあった「燃える水」
のことを思い出す。彼は巣穴へ戻り、炎の湖にウルリクの遺灰を撒くと、
そこに死んだ師が甦った。ウルリクは限られた命を使って、ドラゴンに自
分を捕らえさせ、空へと運ばせる。師の合図でゲイレンが魔除けを打ち砕
くと、ドラゴンもろとも、ウルリクの体が爆発する。

　こうして竜と魔法使いの時代は終わり、ゲイレンとヴァレリアンはふた
りで旅に出る。

『ドラゴンハート』（Dragonheart）

　1996年に公開されたこの映画は、ショーン・コネリーが主役の竜ドレ
イコの声を担当したことでよく知られる。当初、ドレイコは模型でつくら
れる予定だったが、最終的にはCG映像が採用された。

　主人公は、王子アイノンに仕える騎士のボーエン。あるとき、瀕死の重
傷を負ったアイノンは、1頭のドラゴンに救われる。ドラゴンは、慈悲を
もって国を治めることを王子に誓わせ、みずからの心臓の半分を与えた。
ところが、成長したアイノンは、無慈悲で残虐な王となる。ドラゴンの心
臓がアイノンを暴君に変えたと思い込んだボーエンは、竜族への復讐を誓
い、さすらいのドラゴン殺しとなる。

　着実に復讐を重ねたボーエンは、ついに最後の1頭となったドラゴンを
見つける。しかし、ドレイコと名づけたその竜に、もし自分が死んだら、

195

お前は仕事を失うことになると指摘され、ふたりは休戦協定を結ぶ。それはやがて協力関係に変わり、彼らはイングランドの貧しい村を訪れては、人々を騙して金儲けを始めた——村を破壊しようとする邪悪な竜と、それを退治する勇敢な騎士といういかさまを演じた。

　一方、アイノン王は、農民の娘カーラを意のままにしようとする。逃げ出した彼女は、ボーエンとドレイコに助けを求める。カーラはアイノン王に反乱を起こそうと決意するが、騎士道を捨てたボーエンは協力を拒む。ドレイコは、そんなふたりを聖地アヴァロンへ連れて行く。「円卓の騎士」が眠る墓を訪れたボーエンは、アーサー王の啓示を受ける。ふたたび騎士の精神を取り戻したボーエンは、正義のため、ドレイコとともに反乱に加わる。

　かつてアイノンに心臓の半分を与えたドラゴンは、じつはこのドレイコだった。ドレイコがそうしたのは、竜と人間のあいだに永遠の絆が生まれると願ってのことだった。今、王となったアイノンとドレイコは、互いの心臓によって結びついている。一方が生きているかぎり、もう一方もけっして死なない。アイノンが襲いかかろうとしたとき、ボーエンはやむなく相棒のドレイコを殺し、その結果、アイノンも死んだ。ドレイコの魂は天に昇り、竜座の一部となった。その後、ボーエンとカーラは、正義と愛をもって王国を導いた。

『サラマンダー』（Reign of Fire）

　2002年に製作されたこの映画は、終末後の近未来を舞台とし、ドラゴンの襲来によって文明が滅ぼされたのちの世界を描いている。そんな設定にふさわしく、この物語では、ドラゴンが人類の恐るべき敵として登場する。

　ロンドンの地下深くで掘削工事を行なっていた作業員たちは、長い眠りから目覚めた巨大なドラゴンと遭遇する。ドラゴンは地上へ飛び立ち、大規模な破壊をもたらすが、クインという少年だけは、この最初の攻撃を生き延びる。新聞記事やニュースから、ドラゴンが凄まじい速さで繁殖し、

第 9 章　　　　　　　　　　映画のなかのドラゴン

世界中を席巻していることが明らかになる。人類はありったけの兵器で抵抗するが、それがもたらした荒廃は、文明の崩壊を早めただけだった。数年のうちに、世界はドラゴンに支配され、わずかに生き延びた人間たちは、荒野の地下シェルターに隠れて暮らしていた。科学者によれば、ドラゴンが最後に現れたのは数百万年まえで、恐竜を絶滅させた彼らは、餌食となる生命が地球にふたたび満ちるまで、長い休眠に入ったという。

　10年後、クインはノーサンバーランドの砦に暮らす一団のリーダーになっていた。あるとき、畑の作物を収穫しようとした者たちがドラゴンに襲われるが、クインはドラゴンを追い払うことしかできなかった。しばらくして、アメリカから準軍事組織のケンタッキー義勇軍がやって来る。戦車や戦闘ヘリをもつ軍団の指揮官デントン・ヴァンザンは、ドラゴンを追跡し、彼らと戦う手段を考え出す。クインは懐疑的だったが、それでもふたりは力を合わせ、砦の農場を襲撃しようとしたドラゴンを倒す。

　さらにヴァンザンは、クインに真の作戦について明かす――彼によれば、各地に群がるドラゴンは雌ばかりで、種を存続させている雄はロンドンにいる1頭だけだという。しかも、雌は数ヶ月しか生きられない。もし雄のドラゴンを殺すことができれば、ドラゴンの支配は終わるはず……。しかし、その雄が砦の場所を嗅ぎつけ、報復に来ることを恐れたクインは、協力を拒む。ヴァンザンはクインの部下たちから志願兵を集め、強引にロンドンへ向かうが、途中でドラゴンの襲撃を受け、多くの犠牲者を出す。

　クインの不安は的中し、砦はドラゴンに突き止められ、炎に包まれる。怒りに燃えるクインは、帰還したヴァンザンとふたたびロンドンへ向かい、今度こそドラゴンを倒すと誓う。彼らは高性能の小型爆弾を搭載した矢を用意し、それをクロスボウでドラゴンの喉に撃ち込もうと考える。ロンドンは無数のドラゴンであふれ、飢えて共食いをする姿もあった。最後の戦いで、ヴァンザンは命を落とすが、クインはついにドラゴンに死の一撃を加える。

PART 3　ポップカルチャーのなかのドラゴン

　数ヶ月後、ドラゴンの最後の1頭が死に絶える。クインの一団は、フランスの生存者の一団と無線連絡を取り、もはやドラゴンは絶滅したとして、世界の復興に希望を寄せる。

テレビのドラゴン

　テレビ向けに製作された映画の多くは、劇場向けの作品ほど、予算や技術に恵まれていない。しかし、現代の精巧なCG映像のおかげで、テレビ映画にも、じつに「リアルな」ドラゴンが登場している。

『ドラゴン　竜と騎士の伝説』（George and the Dragon）

　2004年にサイファイ・チャンネル向けに製作されたこの映画は、タイトルが示すように、ドラゴンを中心とした物語である。舞台は中世イングランド。人々のあいだで、ある巨大な雌のドラゴンが脅威となっていた。あるとき、結婚を間近に控えた王女が失踪し、この邪悪なドラゴンの仕業と考えられた。ところが、囚われの身となった王女は、このドラゴンが卵を産み、その後、姿を消したことを知る（おそらく死んだと思われた）。

　心優しい王女は、あらゆる危険から竜の卵を守ろうと決意し、卵を処分したがるジョージ――十字軍から帰還したばかりの騎士――の邪魔をする。ジョージは王女の気持ちを理解し、彼女の守護者となるが、王女はある野心的な王子との結婚を強いられていた。卵を安全な場所に隠そうとする王女の一行は、やがて王子の卑劣な策略と、賞金目当ての傭兵一味に追いつめられる。そんななか、ついに卵が孵化し、じつは生きていた母親のドラゴンが、子竜を守るために姿を現す。これにより、ジョージと王子たちとの戦いは中断される。

　最終的に、ドラゴンは主人公らに友好的であることがわかり、ジョージは竜の命を助けてやる。そのお返しに、ドラゴンは、ジョージを今にも刺

198

第 9 章　　　　　　　　　　　　映画のなかのドラゴン

し殺そうとしていた王子をぱくりと飲み込んだ。

『ジュラシック・プレデター』（Wyvern）

　2009 年にカナダとアメリカで共同製作されたこの映画は、当初はサイファイ・チャンネルで放映された。典型的なモンスター映画の約束事に従いつつ、見事な CG によって原題のワイヴァーンを描き出している。

　物語の舞台は、アラスカ州北部の小さな町ビーヴァーミルズ。夏至前後の白夜のころだった。各地を旅する便利屋兼トラック運転手のジェイクと、町で小さなカフェを営むクレアは、ほかの住民たちとともに、一連の失踪事件や孤立した農場を狙った残虐な襲撃事件に不安を募らせていた。退役したある大佐が、空飛ぶ爬虫類を見たというが、誰も信じない。

　しかし、じつはそれが 2 本足のドラゴン、ワイヴァーンだった。卵を包んでいた氷河が解け、孵化したのである。ワイヴァーン神話のひとつのバージョンとして、この映画のユニークなところは、北欧神話が組み込まれている点だ。実際、ワイヴァーンは、死者の国の女神ヘルの子として産み落とされ、最高神オーディンによって氷河に閉じ込められたという伝説が、登場人物のひとりによって語られる。

　ワイヴァーンは、夏至の祭りに沸く町を襲い、多くの死者を出した──保安官とその唯一の補佐も犠牲となる。電波塔はなぎ倒され、車で町を出ようとする者たちも襲撃され、逃げ道をふさがれる。生き残った者たちが孤立するなか、狡猾なワイヴァーンは、瀬死の男を囮（おとり）に使い、助けようと近づいてきた人々に襲いかかる。

　最終的に、ジェイクとクレアと大佐は、林でワイヴァーンの巣と 3 つの卵を発見する。卵をトラックに載せたジェイクは、ワイヴァーンの猛追を受けながら、山道を暴走する。ついにワイヴァーンがトラックを捕らえたとき、ジェイクは間一髪でドアから転がり出る。ワイヴァーンは車ごと崖から転落して炎上する。

PART 3　　　　　　　　　　ポップカルチャーのなかのドラゴン

第 10 章

ゲームのなかのドラゴン

　世界初のロールプレイング・アドヴェンチャー・ゲームといえば、1970 年代初めにつくられた『ダンジョンズ＆ドラゴンズ』（D&D）である。その名が示しているように、『D&D』の数々の冒険世界(キャンペーン)のなかで、ドラゴンは重要な役割を果たした。『D&D』をはじめとするロールプレイング・ゲームのドラゴンは、神話に忠実に描かれ、冒険を体験するキャラクターたちにとって、敵にもなれば、味方にもなる。市販されている通常の卓上ゲームとの大きな違いは、『D&D』では、キャラクターたちが共通の目的を達成できるように、プレーヤー同士が協力し合うというところだ。
　『ダンジョンズ＆ドラゴンズ』が最初に世界に紹介されて以来、数多くのゲームがそのあとに続いた。当初のロールプレイング・ゲームは、ミニチュア・フィギュアとダイス、そしてキャラクターの統計値やゲームのルールが書かれた紙を使って行なわれていた。しかし、それから数十年が経過し、RPG はオンラインが主流となった。また、『ワールド・オヴ・ウォークラフト（World of Warcraft）』のような、大規模多人数同時参加型ゲームの導入により、RPG はさらに進化した。そこでは複数のプレーヤーが、ひとつのチームあるいは競争相手となって動き、さまざまな試練を克服して、財宝などの目的を手に入れようとする。
　しかし、ロールプレイング・ゲームのあり方がどう変わろうと、その本

来のコンセプトは変わらない——プレーヤーが英雄的キャラクターの役を担い、さまざまな脅威や試練に立ち向かっていく。そこにはもちろん、ドラゴンが存在する。

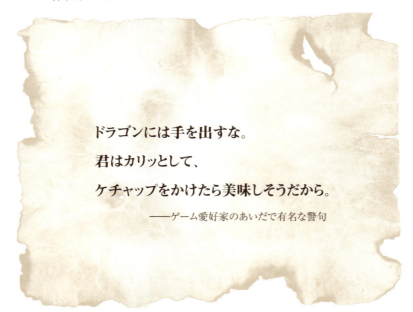

ドラゴンには手を出すな。
君はカリッとして、
ケチャップをかけたら美味しそうだから。
——ゲーム愛好家のあいだで有名な警句

RPG におけるドラゴンの役割

　伝統的な RPG では、ダンジョン・マスターが物語の進行役と審判役を務め、それぞれのキャラクターを担うプレーヤーがあらゆる決断を下し、行動を選択できるように、ゲームの舞台状況を説明する。攻撃するにせよ、避難するにせよ、あるいは交渉するにせよ、探索するにせよ、そうした行動の結果は審判によって裁定される。さらに審判は、特定の行動の結果を判断することにくわえ、プレーヤーの担うキャラクターたちが、冒険の途中で遭遇するキャラクターやクリーチャーすべての役割を果たす。
　ロールプレイングの冒険世界を支配するのは、審判とプレーヤーの想像

力のみであるため、あらゆる可能性を無限に組み合わせることができる。たとえば、ドラゴンは財宝の山を守ることもできれば、罪のない者を捕らえて人質にすることもできる。同じく、親切を装ってプレーヤーに助言を与えたり、命令や警告を発したりすることもできる。

『ダンジョンズ＆ドラゴンズ』のドラゴン

　元祖ファンタジー RGP であるこのゲームでは、ドラゴンはふたつに分類された。どちらの種類も外見から容易に識別でき、少なくとも必要最低限の道徳規範を共有していた。ごく大まかにいうと、色（赤や緑、黒など）で識別されるドラゴンは悪竜で、通常はプレーヤーの敵役として働く。一方、よく似た金属の鱗（銅、青銅、銀など）で識別されるドラゴンは善竜で、多くの場合、プレーヤーの味方や仲間として働く。ただし、これは厳格な区別ではなく、賢いキャラクターが悪竜の良心に訴えることもあれば、愚かなキャラクターが善竜を怒らせることもある。

ドラゴンの特徴

　色や大きさ、性質や気性にかかわらず、『D&D』のドラゴンは、典型的な西洋のドラゴンの姿形をしている――長くしなやかな首、ワニのような頭、大きく開く口、やや湾曲した鋭い牙、頑丈な四肢と鉤爪、鞭のような長い尾、幅広な２枚の革状の翼。もちろん、どのドラゴンも空を飛ぶことができる。

　多くの場合、こうした特徴の正確な内容は、各キャラクターがもつ能力（あるいはもたない能力）に応じて、ダンジョン・マスターによって決められる。ただし、ダンジョン・マスターがダイスを振り、たとえば、特定のドラゴンの年齢などを無作為に決めるということも、このゲームのルールでは可能である。

203

翼のないドラゴン?

『D&D』のドラゴンに共通する**身体的特徴**に関して、ひとつの**例外**といえるのが、ゴールド・ドラゴン（金竜）で、ときに中国の竜の典型のような姿で描かれる——つまり、**胴体がより長く、翼がない**。

ドラゴンの年齢

ドラゴンの年齢は、ごく若齢から老齢までさまざまである——老齢のドラゴンでは、400歳を超える。当然ながら、ドラゴンの年齢によって、その強さや大きさ、破壊力、狡猾さは大きく異なり、それは牙や鉤爪、息によって敵に与えられるダメージの程度に反映される。

ドラゴンの感覚とオーラ

ドラゴンには並外れた視覚があり、真っ暗闇の状況下でも、ある程度は見ることができる。また、聴覚も非常に鋭く、嗅覚も強い。さらに、ドラゴンを取り巻く魔法のオーラにより、透明になる呪文で守られているクリーチャーや物体さえ見ることができる。

ドラゴンには独特のオーラがあり、その場にいるキャラクターはもちろん、馬などのほかのクリーチャーにも影響を及ぼす。その影響はさまざまで、完全なパニック

第 10 章　　　　　　　　　　　　　　ゲームのなかのドラゴン

状態になって逃走したり、麻痺状態になったり、あるいは自分が恐るべき
敵に脅かされている、もしくはそんな敵と戦っていると認識することで、
キャラクターの戦闘能力が減退したりする。

ドラゴンの言語力

　ドラゴンの知能は、一般に平均的な人間と少なくとも同等であり、なか
には人間よりずっと利口なものもいる。どのドラゴンも竜語を話すことが
でき、多くはほかの言語も知っている。彼らは社交的で、噂好きでさえあ
り、会話のやりとりを楽しんでいる——たとえ彼らの最終的な目的が、会
話の相手を前菜にすることだったとしても。もともと好奇心の強いドラゴ
ンは、相手のキャラクターが知っていることや話そうとしていることを何
でも聞きたがるため、しばしば会話を長引かせて命をつなごうとする作戦
に誘導される。

ドラゴンの息

『D&D』のドラゴンは、いずれもブレス・ウェポンと呼ばれる息による
攻撃手段を、少なくとも１種類はもっており、概してこれがもっとも破壊
力のある武器となる。幸い、できるだけ多くのキャラクターを生き残らせ
るため、ブレス・ウェポンは限られた回数しか使えない。もちろん、火の
息を噴くドラゴンは西洋のドラゴンの基本だが、すべてのドラゴンが火の
息を噴くわけではない——ブレス・ウェポンの正確な種類は、ドラゴンの
種類によって決まる。

　ただ、ブレス・ウェポンが何であれ、その効果はドラゴンの大きさや年
齢によっても左右される。当然ながら、ドラゴンの体が大きいほど、ブレ
スの威力も強くなる。

205

ドラゴンと魔法

　まるでブレス・ウェポンと毒牙では十分な脅威にならないとでもいうように、多くのドラゴンは、魔法の呪文をかけることもできる。ここでもやはり、ドラゴンがこの能力をもっているかどうかは、ドラゴンの知能や年齢によって決まる。ただし、ドラゴンには、その身体的形状からすでに十分な破壊力があるため、呪文は自分の姿を隠したり、不運にもドラゴンに遭遇してしまった者たちを幻惑したりするために使われる。呪文がとくに役立つのは、財宝を守るときで、『D&D』に出てくるドラゴンは、種類にかかわらず、みずからの財宝に対して非常に用心深く、独占欲が強い。

悪のドラゴン（悪竜）

『D&D』でおもに悪役やモンスターとして働くドラゴンは、クロマティック・ドラゴン（色彩竜）と呼ばれる。このクロマティック・ドラゴンに遭遇した――そして宿題をきちんとやってきた――キャラクターは、少なくとも自分が直面しそうなブレス・ウェポンの種類や、相手の知能レベルを知ることができる。

　クロマティック・ドラゴンの多くは、一生をかけて財宝の山を築き、それを執拗に守ろうとする。なかには、地元住民から生贄などの捧げ物を差し出させ、そうした捧げ物――あるいはその残骸――を、収集品の一部として貯め込むドラゴンもいる。

　悪のドラゴンは、たとえ相手が同じ種族であっても、縄張り意識が非常に強い。また、高齢の悪竜の場合、たいていはほかのドラゴンとの決闘によって受けた傷痕がある。一方、小型の色彩竜がべつの種の大型ドラゴンに遭遇した場合、相手に殺されないように逃げるのが鉄則だ。また、クロマティック・ドラゴンは、殺したドラゴンの肉を食べる――ただし、普通は自分と同色のドラゴンの肉は食べない。

ブラック・ドラゴン（黒竜）

　ブラック・ドラゴンは、ドラゴンのなかでも愚かで卑しい竜で、ごく遠縁の野生の蛇にもっとも近いとされる。暗く湿った場所に棲み、生い茂る木々の葉で遮られた沼地や、ほどよく暖かく、十分に水が得られる深い洞窟を好む。太陽光線が彼らに特別な害を及ぼすわけではないが、日光を嫌う。寒冷地は苦手で、温暖な環境を好む。成体のブラック・ドラゴンは、全長約9メートルにもなる。

　戦いにおいては、たとえ自分より弱い相手、あるいは無防備な相手であっても、待ち伏せ攻撃を好む。ワニのように目と鼻孔だけを外側に出し、ほぼ完全に潜水することができる。泳ぎに長けているため、空中戦よりも地上戦や水中戦を得意とする。

　ブレス・ウェポンは腐食性の酸で、口から吐き出された呼気は、周囲約18メートルに及ぶ。

ブルー・ドラゴン（青竜）

　ブルー・ドラゴンは、砂漠などの乾いた地域に棲み、水の存在を嫌う。狡猾で抜け目のない彼らは、できるだけ多くの財宝を貯め込もうとする。洞窟を好むが、古い廃墟や見捨てられた集落を占拠することもある。（実際、居住者がその集落を捨てざるを得ないように仕向けるという）。また、砂地に深い穴を掘る根気と能力があり、砂岩の累層に巣穴や砦を築く。

　優れた知能をもつブルー・ドラゴンは、目的達成のために交渉や脅しを駆使する——何よりも優先されるのは、少しでも多くの財宝を蓄えることである。

　ブレス・ウェポンは破壊力のある電撃で、約30メートル離れた標的も撃ち落とせる。体はブラック・ドラゴンより大きく、成体では、鼻から尾

までで全長約12メートルを超える。砂漠に身を隠すこともできるが、概して高慢で自信過剰なため、待ち伏せ攻撃をしたり、潜在的脅威から逃げたりする必要性を感じない。

グリーン・ドラゴン（緑竜）

外見上、ブラック・ドラゴンが竜族の遠縁にあたる蛇にもっとも似ているとすれば、グリーン・ドラゴンは、同じく遠縁のトカゲを思わせる。背骨に沿って並んだギザギザの突起や、前足の付け根から伸びた長い首が特徴である。竜族の大半がそうであるように、彼らも地下深くの洞窟などに巣穴をつくるが、森の広がる原野に棲むこともある。彼らの巣穴近くに生えた植物に元気がないのは、この竜の息に含まれる有害なガスのせいである。

グリーン・ドラゴンは、全ドラゴンのなかでもとくに好戦的である。警告もなく、また明らかな理由もなく、攻撃することも多い。食べ物の好き嫌いはあまりなく、森の縄張り内で見つけられるものはほぼ何でも食べるが、好物はエルフの肉で、狩りではこの高貴な種族を積極的に狙う。

一方、言葉を話せるグリーン・ドラゴンは、絶対に信用できない。彼らは欺くことを得意とし、陰険で欲深い。ただ、平均的な知能しかもたないため、逆に巧妙な罠にかかることもある。ブレス・ウェポンは致死性の有毒ガスだが、当然ながら、自身はその毒ガスに対して免疫がある。ドラゴンとしては中型で、もっとも大きいものは全長約10メートルに達する。

レッド・ドラゴン（赤竜）

レッド・ドラゴンは、色彩竜のなかでもっとも大きく凶暴で、邪悪とされる。執念深い彼らは、人間の一生よりも長い年月、恨みを抱き続ける。本気で怒らせると、敵の家族や縄張りだけでなく、その子孫にも襲いかかる。

第 10 章　　　　　　　　　　　　　　ゲームのなかのドラゴン

　エインシャント（太古）と呼ばれる年齢段階の巨大なレッド・ドラゴンは、全長約16メートルに達する。ごつごつした岩場や山岳地帯など、地形の険しい場所に巣穴をつくる傾向がある一方、山頂付近の凍えるような寒さは苦手で、ほかのドラゴンと同様、地下に棲むことを好む。

　ブレス・ウェポンは渦巻く炎で、もっとも大きなものでは、周囲約27メートルに広がる。きわめて残虐な性質であるため、しばしば前足の鋭い鉤爪を使って、餌食をじわじわと痛めつけながら八つ裂きにする。

ホワイト・ドラゴン（白竜）

　ときに「フロスト・ドラゴン（霜竜）」とも呼ばれるホワイト・ドラゴンは、寒さの厳しい荒れ地を好み、多くは氷河や雪に閉ざされた極地や高山に棲む。色彩竜のなかではもっとも知能が低く、ブラック・ドラゴン以上に愚鈍とされる。人間の言葉を話せるものはほとんどおらず、魔法もめったに使わない。過酷な環境で生き延びるためか、なるべくほかのドラゴンとの接触を避けようとする。

　ブレス・ウェポンは煙のように広がる冷気で、むき出しの肉を一瞬にして凍らせる。冷気は霧となってしばらく漂っているため、彼らのつぎの動き――戦いを続けるにせよ、急いで退却するにせよ――を隠してもくれる。

　色彩竜のなかではもっとも小柄で、全長約8メートルを超えるものはきわめて少ない。

善のドラゴン（善竜）

　さまざまな色合いの金属の鱗をもつドラゴンは、メタリック・ドラゴン（金属竜）と呼ばれる。彼らは色彩竜ほど残虐ではなく、本能的に凶暴でもないが、かといってペットのように抱き締めたくなるようなかわいい生

PART 3　　　　　　　　ポップカルチャーのなかのドラゴン

き物でもない。ドラゴンはみなそうだが、メタリック・ドラゴンも高慢で虚栄心が強く、欲深いうえ、勝利を大きな喜びとする。人間やドワーフなど、ほかの種族を下等と考えている彼らは、各プレーヤーのキャラクターたちを、善意から助けようとすることはめったにない。実際、シルヴァー・ドラゴン（銀竜）のもつ財宝を盗むことは、レッド・ドラゴンから盗むのと同じく、無謀かつ危険である。

メタリック・ドラゴンは、価値ある大義のためならば、罪人に命の猶予を与えたり、有益な役目を果たしたりと、納得して力を貸してくれることもあるが、それには正当な理由が必要となる。

また、彼らは収集する財宝に対しても目が肥えている。たとえば、洗練されたシルヴァー・ドラゴンの場合、絵画やタペストリー、彫刻といった芸術性の高いものを好む。

ブラス・ドラゴン（真鍮竜）

ブラス・ドラゴンは、ドラゴンのなかでも屈指の社交的な竜である。多くは人間にもわかる言語を話し、会話に何時間も費やす。自分にしかるべき敬意を表する相手には、友好的でもある。想像力豊かで、外交儀礼に関する考え方は、訪問者には理解しがたいこともある。悪戯や悪ふざけが大好きなことから、茶目っ気があるともいわれる。

ブラス・ドラゴンは、温暖で乾燥した環境を好む。巣穴は地下につくるが、窮屈な棲み処は避ける。地下に十分なスペースがない場合、砂漠の険しい岩場や、断崖絶壁に囲まれた峡谷に棲むこともある。

ドラゴンとしては中型で、もっとも大きなものでは全長約9メートルに達する。色彩竜（や一部の金属竜）と異なり、致命的なブレス・ウェポンはもたないが、吸った者に眠気や恐怖感を引き起こすガスを吐く。

ブロンズ・ドラゴン（青銅竜）

ブロンズ・ドラゴンは水場を好み、しばしば大きな湖や海の近くに巣穴をつくる。天然の洞窟がある島は、彼らのお気に入りの棲み処である。真鍮竜や銅竜と異なり、強い正義感をもつため、ときに不正を正すことを行動方針とする。体はかなりの大きさに達し、最長で鼻から尾まで約12メートルにもなる。

彼らはきわめて好奇心が強く、とくに人間の行動に関心をもっている。動物の姿に変身できるという特異な能力をもち、しばしばそうやって人間を観察・研究する。どのブロンズ・ドラゴンも、少なくともひとつの動物に変身できるが、複数のさまざまな動物になれるという器用なドラゴンもいる。

ブレス・ウェポンは2種類あり、ひとつはブルー・ドラゴンのブレス・ウェポンとよく似た電撃、もうひとつは、侵入者などの好ましくない輩を撃退する毒ガスである。

カッパー・ドラゴン（銅竜）

カッパー・ドラゴンは、ドラゴン界の陽気な悪戯ものである。彼らは誰かを騙したり、驚かしたり、冷やかしたりするのが大好きで、皮肉を得意とする。戦いにおいても、敵を愚弄し、相手が早まった攻撃に出るように煽ったりする。しかし、ひどく怒りっぽいことで知られ、プライドを傷つけられることに敏感なため、自分をからかおうとする相手にはすぐ腹を立てる。一方で、面白い話に弱いため、とくに滑稽な話や自虐的な話を聞かせてくれるキャラクターには、しばしば気を取られる。

カッパー・ドラゴンの体は柔軟かつ頑丈で、彼らは猫のように優雅に動く。長距離を飛躍することができ、戦闘でも、この驚異的な跳躍力が駆使される。壁や断崖など、垂直面も容易によじ登れるため、飛ぶよりも登る

ほうが得意といえる。

　そんな蜘蛛のような身体能力をもつ彼らは、狭くても、天井の高い場所に巣穴をつくりたがる。たいていのドラゴンが翼を広げられないような窮屈な空間でも、簡単に壁を登り降りできる。

　ドラゴンとしては中型から大型で、成体でもっとも大きなものは、全長約11メートルに達する。ほかの金属竜と同じく、2種類のブレス・ウェポンをもつ。ひとつは腐食性の酸の息で、もうひとつは、吸った者を不活発でぎこちなく、緩慢にさせるガスである。

ゴールド・ドラゴン（金竜）

　ゴールド・ドラゴンは、ドラゴン界ではもっとも温厚で賞賛すべき竜とされている。弱い者いじめを軽蔑し、不正を絶対に許さない彼らは、思慮深く、瞑想的で、美と調和を重んじる。翼がないこともある唯一のドラゴンだが、翼があろうとなかろうと、ゴールド・ドラゴンの鱗はまさに黄金のように輝いている。滑らかで柔軟性のある長い体は、非常に優雅な動きを見せる。全ドラゴンのなかでもとくに大きく、成体は全長約15メートルを超えるとされる。

　大きさにかかわらず、ゴールド・ドラゴンは、ほかのどの動物にも姿を変えられる。実際、威厳に満ちたドラゴンの姿のままでは、予想外の影響をもたらしかねないが、姿を変えれば、世の中の営みを落ち着いて観察できる。実際、ゴールド・ドラゴンは、一度に何年も、何十年も平気で姿を変え、賢者や隠者、あるいは弱々しげな老人として、世をさすらうといわれる。

　巣穴については、山であれ森であれ、沼地であれ草原であれ、あるいは岸辺であれ、周囲の環境はとくに気にしない。彼らは町や都市でも快適に暮らせるが、その場合は人間やエルフに姿を変える。ただし、住居は木やレンガより、石造りのものを好む。

ゴールド・ドラゴンは穏やかで我慢強い竜だが、ひとたび怒らせると、手ごわい敵となる。本来の竜の姿のときは、とてつもなく強大なクリーチャーであり、魔法を使うことも辞さない。

ブレス・ウェポンは２種類で、火の息のほか、吸った者に疲れや脱力感をもたらすガスを吐く。

シルヴァー・ドラゴン（銀竜）

シルヴァー・ドラゴンは、クリーチャーのなかでもひときわ美しい。成体に達すると、堂々たる威厳があり、鏡のような輝きと液体金属のようなきらめきをもつ。ドラゴンのなかでも、人間との関わりがとくに深く、長期にわたって人間の男や女（そのドラゴンと同じ性別）の姿になることができる。ゴールド・ドラゴンと同じく、しばしばそうやって姿を変えて、人間の活動を観察する。ただし、ゴールド・ドラゴンが人間のことに関与しない傾向があるのに対し、シルヴァー・ドラゴンは２本足の人間に変身し、彼らの奮闘に積極的に関わろうとする。

巣穴については、高い場所を好み、とくに高山の洞窟を探そうとする。寒さや浸食によってできた割れ目や隙間を広げて、適切な洞窟をつくったりもする。また、彼らには雲のうえで歩いたり、立ったり、休憩したりするという特異な能力がある。雲に巣穴をつくった竜もいるが、多くの場合、財宝を守り、卵を産むためには、もっと盤石な環境が必要なようだ。

ブレス・ウェポンは２種類で、致命的なものとそうでないものがある。凄まじい冷気で相手を死なせることもできれば、体を麻痺させるだけのガスもある。

特別なドラゴン

　初期の『ダンジョンズ＆ドラゴンズ』の本に出てくる2体の竜は、それぞれ色彩竜の女王、金属竜の王として君臨していた。彼らは宇宙規模の重要な存在で、必滅のクリーチャーというより神——少なくとも半神——に近い。

ティアマト

　古代バビロニア神話およびシュメール神話に登場する創造の女神の名をもつこの竜には、めったに遭遇することがない。それでも遭遇した場合、相手は彼女が地下の次元界——おそらく地獄の階層のひとつ——から現れたと思うだろう。

　18メートルというティアマトの巨体は、色彩竜の邪悪なイメージそのものである。というのも、ティアマトには5色5本の頭があり、この悪と権力の化身に、色彩竜のすべてが凝縮されているからだ。

　ティアマトは徳や美といったものが大嫌いで、破壊行為もただそれが楽しいからやる。きわめて虚栄心の強い彼女は、媚びへつらいに弱いところもあるが、そもそも弱さを蔑み、自分に軽蔑を感じさせる者には激しい苦痛を与えようとする。ティアマトのいる次元界には、地下牢に監房がずらりと並んだ城砦があり、そこに多数の捕虜が監禁され、彼女やその手下が拷問を楽しめるように、（かろうじて）生かされているという。

　ティアマトはけっして眠らず、強力な魔法を使う。5つの頭からそれぞれ魔法をかけることができ、飛行はもちろん、テレポートによる瞬間移動もできる。ただし、翼は立派でも、あまりの巨体ゆえに小回りがきかず、障害物を回避したり、空中戦で機敏に動いたりといったことは苦手のようだ。ティアマトは、生きたクリーチャーならどんなものにも変身できるが、虚栄心が強いため、あまり頻繁には変身しない——むしろ、自分に遭

遇した者たちに、本来の竜としての威容を見せつけるほうが好きだ。

　彼女が守っている財宝の山は、どんなに強欲な冒険者にも想像できないほどとされる。しかし、どこか遠くの次元界にあるという巣穴には誰も近づいたことがないため、現在生きている人々の記憶では、この財宝を実際に見た——少なくとも、戻ってきてその話をした——者はひとりもいない。

　多くの場合、ティアマトは自分の代わりに手下を戦わせ、命令を与えてやった者たちにその返礼を求める。どんなに利己的な下級ドラゴンでも、ティアマトが受け取った返礼品を騙し取るような愚かな真似はしない。しかし、少しでもそんな気配を感じれば、ティアマトは恐るべき戦士となり、5色5本の頭で凶暴に噛みつくか、色彩竜の色に応じたブレス・ウェポンを吐く。

バハムート

「プラティナム・ドラゴン（白金竜）」とも呼ばれるバハムートは、金属竜の王であり、主神である。ティアマトの巣穴がどこか地獄の階層に存在する一方で、バハムートは天界の輝く宮殿に棲んでいる——それは「東の風の向こう」にあるともいわれる。しかし、バハムートは、悪の化身ティアマトに比べて、この世で遭遇する可能性がずっと高い。というのも、彼はたいてい老賢者の姿で、人間界を旅しているからだ。また、テレポートによる瞬間移動もでき、生きたクリーチャーならどんなものにも姿を変えられる。

　バハムートは、寛大さや優しさ、慈悲といった人間の美徳を非常に重んじる。弱者のために戦う者たちを賞賛し、とくに立派な行ないをした者たちには褒美を与えるともいわれる。

　バハムートには、彼の守護者、弟子、そして従者として仕える一団がいる。7人からなるこの一団は、しばしば子供や僧、犬、カナリアなど、従順で罪のない存在として現れる。この7人の仲間たちは、じつは強大な

ゴールド・ドラゴンなのだが、主人と同じく、彼らも無害で友好的に見えることを好む——少なくとも、誰かがその老人や7羽の小鳥をいじめたりしなければ。

ドラゴンの姿のときのバハムートは、全長約21メートルを超え、細身の体に透き通るような薄い翼がついている。戦いとなれば、状況に応じて3種類のブレス・ウェポンを使いこなす。ひとつは死をもたらす冷気、もうひとつは標的を気化させ、実体のないものにするガス、そしてもうひとつは、城や断崖さえ粉々に打ち砕く轟音である。

そのほかのロールプレイング・ゲームのドラゴン

あらゆるヒロイック・ファンタジーの中心的存在であるドラゴンは、多

怪物（ドラゴン）と戦う者は、みずからが怪物（ドラゴン）と化さぬように心せよ。お前が長く深淵を覗き込むとき、深淵もまたお前を覗き込んでいる。

——フリードリヒ・ニーチェ

PART 3　　　　　　　ポップカルチャーのなかのドラゴン

くのファンタジー RPG の世界で重要な役割を果たしている。こうしたゲームには、多数のドラゴンが登場するものもあれば、少数しか登場しないものもある。ドラゴンを主役とした人気ゲームは数多くあるが、それらすべてを挙げることはできないので、ここではとくに興味深いものを紹介する。

『ストームブリンガー』（Stormbringer）

　1980 年代初めにケイオシアムによって発表された『ストームブリンガー』は、マイケル・ムアコックの小説に登場する、メルニボネ帝国の皇子エルリックを主役としたゲームで、何体かの有名なドラゴンが出てくる。実際、このゲームは、のちに『メルニボネの竜王たち（Dragon Lords of Melnibone)』というタイトルで、新たなゲームシステムとともに発表された。ただ、いずれの版においても、このゲームの世界観が、ムアコックの書いた英雄物語に基づいていることに変わりはない。

　メルニボネのドラゴンたちは、太古から続く強大な種族で、王座の象徴である。彼らは火を噴くドラゴンではないが、代わりに発火性の毒液を吐く。古代には、ドラゴンは一度出撃するごとに 100 年もの眠りを必要とするといわれたが、その当時は世界中に多くのドラゴンが棲息し、日光の入らない暗い洞穴で寝起きしていた。

　しかし、かつて絶大な勢力を誇った古代帝国メルニボネが、わずかひとつの都市を残すまでに衰退したころ、ドラゴンの数は大幅に減少していた。皇帝エルリックの角笛によって最後の戦いに召集されたとき、彼に仕えるために現れたドラゴンは 100 頭に満たなかった。過去の時代なら、その数は空を埋め尽くすほどだっただろう。

『ペンドラゴン』（Pendragon）

　アーサー王伝説を題材とし、その時代を舞台とした『ペンドラゴン』は、当初はケイオシアムによって発表され、のちにグリーン・ナイト出版

第 10 章　　　　　　　　　　　　　　　　　ゲームのなかのドラゴン

アーサー王のドラゴン

　面白いことに、「アーサー王と円卓の騎士団」の伝説には、ドラゴンが出てくる物語がほとんどない。騎士たちは、ほかの騎士や霊的な守護者、怪物にはしばしば遭遇するが、ドラゴンに遭うことはめったにない。けれども、ひとたびドラゴンが現れると、彼らは非常に重要な役割を果たす。魔術師マーリンはあるとき、こんな予言をする——ヴォーティガーン王の築く塔は、けっして基礎が固まらない。それは地下で、赤と白の2体の竜が永遠の争いを続けているからだ。また、アーサー王の偉大な騎士、ランスロットとトリスタンも、竜に遭遇し、これを退治する。

に引き継がれ、最後はホワイト・ウルフ社によって再発売されたファンタジー・ゲームである。このゲームで中心となるのは、人間たちの冒険の旅であり、その継承者や王朝の創設である。しかし、ドラゴンをはじめとする魔法生物も、ゲームには登場する。とくにドラゴンは、遭遇したキャラクターたちにとって非常に危険な存在で、自分のキャラクターを生き延びさせたいプレーヤーのあいだでは、手を出さずにそっとしておくのが一番と考えられている――そんな恐ろしいドラゴンをわざわざ見つけ出し、戦おうとするだけのよほどの理由がなければ。

『シヴァルリー＆ソーサリー』 (Chivalry & Sorcery)

　1977年にファンタジー・ゲームズ・アンリミテッドによって発表された『シヴァルリー＆ソーサリー』は、初期の『ダンジョンズ＆ドラゴンズ』のライバル商品として、本格的に製作・販売されたゲームである。『D&D』以上に「リアリズム」を重視した『シヴァルリー＆ソーサリー』では、プレーヤーが同じく英雄的キャラクターの役を担うが、とくに封建制度や教会に関して、舞台設定がより史実を意識したものになっていた。このゲームは、数十年のあいだに何度も版や改訂を重ねている。これには、つぎの2体の主要なドラゴンが登場し、その巨大な竜の姿がきわめて詳細に描かれていた。

ブラタント・ビースト

　この異色の怪物は、いかに有能で経験豊かな冒険者でさえ、容易に食い殺されてしまうほど凶暴なドラゴンである。自分の地位にひどく敏感で、つねに最大の敬意をもって扱われることを要求する――たとえば、会話においても、「閣下」や「陛下」と呼ばなければならない。
　しかし、このブラタント・ビーストのもっとも注目すべき点は、詩の愛

好家であるというところだ。実際、しばしば犠牲者となるはずの相手に対し、もし愉快な詩や感動的な詩をつくって披露することができれば、殺さずにおくという助命のチャンスを与えている。これには誰でも挑戦できるが、吟唱詩人のようなキャラクターであれば、命が助かる可能性はより高まる。その詩をドラゴンが気に入れば、詩人とその仲間は殺されずに済む——さらに、ドラゴンがその詩に大いに感動すれば、さまよう冒険者に有益な情報や助けさえ提供してくれるかもしれない。

クエスティング・ビースト

この怪物をドラゴンだと信じている人は少ないが、そもそもその正体を見極めること自体が難しい。というのも、クエスティング・ビーストの真の姿を見た者は、ひとりもいないかもしれないからだ。わかっているのは、いくつかの能力だけである。クエスティング・ビーストは、あらゆる森林動物に姿を変えられるほか、大胆不敵な冒険者に魔法をかけたり、失敗に終わりそうな探求の旅に彼らを誘い出したりできる。たしかに、これらはドラゴンがもつ能力と似ている。

『ドラゴンレイド』(DragonRaid)

1984年に初めて発売されたこのゲームは、福音主義キリスト教のロールプレイング・ゲームという点がユニークで、プレーヤーに聖書から集めた多くの教訓を教えることを目的としている。プレーヤーがかける「呪文」は、たいていの場合、聖書の各書からそのまま引用した聖句である。

当然といえば当然だが、このゲームに登場するドラゴンは、いずれも悪の手先であり、イエスの名において探求の旅をする英雄的キャラクターが、「ドラゴンの国（the Dragon Lands）」で彼らを見つけ出す。ドラゴンはもっとも強大なサタンの勢力の象徴であり、本質的に悪魔とされる。

『武士道』（Bushido）

　もとは1979年にティア・ゲームズ（のちにフェニックス・ゲームズ、続いてファンタジー・ゲームズ・アンリミテッド）によって発表されたこのゲームは、アジアを舞台とした最初の人気ゲームである。キャラクターは武士や忍者、僧などの役を担う。複雑なルールにもかかわらず、多くの人々に支持され、日本をはじめ、アジアに由来する数々の竜が登場する。竜たちは、プレーヤーにとって敵にも味方にもなり、その多くは強大な力をもっている。

『シャドウラン』（Shadowrun）

　1989年にFASAコーポレーションによって発表されたこの科学ファンタジー・ゲームは、魔法とテクノロジーの要素が融合した近未来の世界を舞台としている。物語はおもにワシントン州シアトルで展開されるが、コロラド州デンヴァーやニューヨーク・シティーも登場する。世界周期の大転換により、ドワーフやエルフ、トロールといった種族が、21世紀半ばのアメリカに存在している。

　ドラゴンはこうした異種族のひとつで、さまざまな個性や知性、そして人間とあまり変わらない価値観をもっている。『シャドウラン』の世界のドラゴンは組織化されており、実際、ネットワークで働く従属種を雇い、援護させたりもする。こうしたドラゴンの多くは、姿を変えることもでき、しばしば人間の形を取るとされている。

　このゲームに出てくる重要なドラゴンとして、ダンケルザーンとアラメイズを紹介しておこう。

第 10 章　　　　　　　　　　　　　　ゲームのなかのドラゴン

ダンケルザーン

　世界中でドラゴンが姿を現すようになった 2012 年、コロラドのある湖で覚醒したとされる。さっそく野心的な女性ジャーナリストのインタヴューを受け、結果として著名人となり、自身のテレビ番組『ワーム・トーク』で司会も務めるようになった。彼の名声や評判は大変なもので、最終的にはアメリカの市民権を与えられ、2050 年代には合衆国大統領にまで選ばれた──ワシントン DC のウォーターゲート・ホテル付近で、人間の姿をしているときに暗殺され、任期は 1 日と続かなった。

アラメイズ

　ダンケルザーン（彼とは毎年、クリスマスの時季にフルーツケーキを贈り合う仲だった）と同じく、グレート・ウエスタン・ドラゴンであるアラメイズは、2012 年に覚醒するまで、数千年の眠りについていた。おもにドイツを拠点として、積極的に政治活動を行なう一方、複数の巨大企業を支配する。強大な力をもつアラメイズは、かつて彼を狙った軌道レーザーの直撃さえ生き延びた。

『アイアン・キングダムズ』(Iron Kingdoms)

　2004 年にプライヴェティア・プレスによって発表されたこのロールプレイング・ゲームでは、典型的なファンタジーの世界にくわえ、蒸気の動力や小火器、そして早くも電気の使用が盛り込まれている。この世界にドラゴンはほとんどいないが、それでもわずかに存在するドラゴンは、古くからの強力な竜たちで、ほぼ不滅にして救い難いほど邪悪である。彼らは体内に「アサンク」と呼ばれる心臓石をもち、たとえ肉体が滅びても、この生命の源は生き続ける。ドラゴンはアサンクから、みずからを再生させ

ることもできる。

『アイアン・キングダムズ』のドラゴンは、非常に下劣で卑しいため、彼らがそこにいるだけで、植物がしおれて枯れたり、その強大な悪の力によって腐敗させられたりする。そんな悪のエキスは、下等生物の魂を奪い、彼らを奴隷にすることもできる。また、ドラゴンの血は、彼らの一種の子孫である幼竜を生み出すために利用され、幼竜たちは創造主たるドラゴンに仕えることを強いられる。

　トルク卿と呼ばれるドラゴンは、ゲーム内の多くのキャラクターから神と見なされている一方、異端の詐欺師とされることもある。最年長にして原初のドラゴンであるトルクは、あるとき、手下として下等な竜たちを生み出したが、彼らが単独で活動するようになると、その多くを追跡して捕らえ、食い殺し、それぞれのアサンクを自分の体に取り込んだ。

ドラゴンが登場するそのほかのゲーム

　このほかにドラゴンが登場する RPG として、強大なグレーター・ドラゴンとともに、キャセイ（東洋）のドラゴンが出てくる『アースドーン（Earthdawn）』（FASA、1993 年）、ドラゴンであふれるグローランサの世界を緻密に描いた『ルーンクエスト（RuneQuest）』（ケイオシアム、1978 年）、『トンネルズ＆トロールズ（Tunnels & Trolls）』（フライング・バッファロー、1975 年）、ドラゴンも含めて中世ヨーロッパを舞台とした『アルス・マギカ（Ars Magica）』（ホワイト・ウルフ・ゲームズ、1987 年）、そして『D&D』本来のルールを発展・拡大させた最新版の『パスファインダー（Pathfinder）』（パイゾ・ゲームズ、2009 年）などがある。

テレビゲームのドラゴン

　この数十年におけるロールプレイング・ゲームの大きな変化といえば、

第 10 章　　　　　　　　　　　　　ゲームのなかのドラゴン

　仲間とひとつのテーブルを囲み、ダイスを転がす卓上会話型から、ひとり
で端末のまえに座り、モニターに映し出される電子画像を操作するコン
ピューター型への転換である。当初、これは一方通行の孤独なゲームだっ
た——「銃を撃ちまくる」シューティング・ゲームは今でもそうで、ドラ
ゴンが仮想の敵として登場するものもある。
　こうしたコンピューター・ゲームのなかでとくに印象的なのが、『スカ
イリム（Skyrim）』（ベセスダ・ソフトワークス、2011 年）で、人間とド
ラゴンとのやり取りが、特殊効果によって「リアルに」表現されている。
冒険で主要な敵となるのは、世界を滅ぼす運命にあるドラゴン、アルドゥ
インだ。旅をとおして、プレーヤーはドラゴンに救われることもあれば、
彼らと戦うこともある。
　近年では、インターネット接続の超高速化や人的交流へのニーズの高ま
りにより、コンピューターを介して、ほかの人々といっしょにロールプレ
イングを楽しもうという驚くべき可能性が開かれてきた。大規模多人数同
時参加型オンライン RPG（MMORRPG）のように、世界各地から参加し
たプレーヤーたちが、画面に映し出される体験を共有しながら、チームと
してゲームに取り組むことができる。こうしたゲームのなかには、ドラゴ
ンとの重要なやり取り——必ずしも命に関わるものではない！——が含ま
れるものもある。
　（現実の）世界でもっとも人気の高い MMORRPG は、『ワールド・オヴ・
ウォークラフト（World of Warcraft）』（WoW）である。ブリザード・エン
ターテイメントによって製作され、2004 年に発売された『WoW』は、一
気に 1000 万人もの加入者を集め、ファンタジー世界での幅広いやり取り
を可能にした。ロールプレイング・ゲームの従来の要素を多く取り入れた
このゲームでは、ドラゴンがプレーヤーにとって敵にもなれば、味方にも
なる。状況によっては、自分のキャラクターをドラゴンの背に乗せること
もできる！

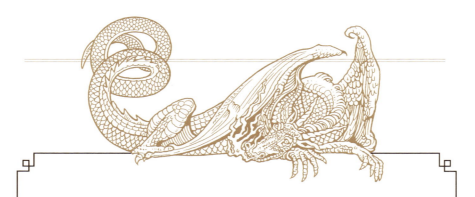

「貴君達(きみ)は、悟ろうがために希望せよ！

龍の守れる郷(さと)にあって、姫君をめとる人々の諸々の物語、

さてはまた、真珠きらめく瑤輦(ようれん)にうち乗って、

海豚(ドルフィン)にそれを引かす、海の女精(ニンフ)たちの数々の絵すがた、

かかるものどもといえども、何のお役に立ちましょうぞ、

ただ、かの龍にまたがって飛び去ってしまった

『生きようという願望』を

目醒めさせるだけのことさ」

　　　　　——W・B・イェーツ「現実主義者」(尾島庄太郎訳)より

索引

【ア】

『アイアン・キングダムズ』 …………223, 224

「赤い天使」 …………17

悪のドラゴン …………206-209

悪 魔 …………8, 22, 52, 54, 60, 89, 101, 102, 119, 133, 166, 221

『朝びらき丸 東の海へ』 …………24

アーサー王 …………129, 196, 218, 219

アジアの神話 …………9

アースシーのドラゴン …………176, 177

アースティーカ …………97

『アースドーン（Earthdawn）』 …………224

アテナ …………41, 46, 47

アナンタ＝シェーシャ …………91

アパララ …………20, 106, 107, 108

アープスー …………30, 31

アフリカのドラゴン …………167

アペプ …………36, 37

アポロン …………38, 39

アムリタ …………98, 99

アラメイズ …………222, 223

『アルス・マギカ』 …………224

アンドルーズ、イローナ …………90

アンフィスバエナ …………168, 169

「イアソンとアルゴ船隊員」 …………21, 45, 48, 49, 50, 51

イェーツ、ウィリアム・バトラー …………116, 226

息 …………205

イスラム …………58, 148

イムギ …………78

イングランドのドラゴン …………129-145

「イングランド人」 …………8, 9

インドのドラゴン …………19, 89-108

ヴァースキ …………94, 95, 98

ヴィシュヌ …………90, 91, 94, 99, 100

ヴィナター …………97, 98

ウィリアム（ギヨーム）、ノルマンディー公 …………129

ウェールズ・グリーン普通種 …………184

ウクライナ・アイアンベリー種 …………184

海の捕食動物 …………16

羽毛のある蛇 …………19, 162-164, 166

ヴリトラ …………100, 101

ウロボロス …………24, 25

『ウロボロス』 …………25

『運命の果て』 …………90

映画のなかのドラゴン …………185-199

「エクスティンクトル・ドラコニス」 …………149

エジプト神話 …………29, 36-37

エチオピアン・ドリーム …………168

エディソン、E・R …………25

『エヌマ・エリシュ』 …………31

円卓の騎士団 …………219

エンリル ……………32, 33, 34

黄金鳥 …………84
黄金のドラゴン ……………45-46
応竜 …………67
オーストラリア・ニュージーランド・オパールアイ種 …………184
オーディン ……………117, 120, 121, 199
オリュンポス …………38

【カ】

ガイア ……………38, 39, 45
カウンディニヤ …………110
カシュヤパ ……………90, 94, 96, 97
カタロニア・ファイアボール種 …………184
カッパー・ドラゴン（銅竜） …………212
カドゥルー ……………90, 94, 97, 98
カドモス …………45, 46, 47
カリ …………101
カーリヤ王 ……………110, 111, 112
カルコータカ ……………101, 102
ガルーダ ……………97, 98, 99, 110, 111, 112
韓国の竜 …………77-78
カンボジア神話 …………110

キプリング、ラドヤード …………108
キャリル、ガイ・ウェットモア …………147
キャロル、ルイス ……………170, 173

ギリシア神話 ……………9, 20, 21, 24, 38, 39, 40, 42, 45, 48, 169
キリスト教神話 …………55
ギルタブルル …………30, 32
金の羊毛 ……………21, 45, 48, 49
金羊毛の番竜 …………50

クエスティング・ビースト …………221
クラクのドラゴン ……………155-157
クリシュナ ……………111, 112
グリーン・ドラゴン（緑竜） …………208
グリンゴッツ ……………182, 183
クリンの物語 …………181
グレンデル …………123
クロマティック・ドラゴン（色彩竜） …………206

聖ゲオルギオス ……………8, 9, 22, 55, 58, 150
ケツァルコアトル ……………19, 22, 159, 162, 163, 164, 165, 166, 167
『ゲド戦記I 影との戦い』 …………177
ゲームのなかのドラゴン ……………9, 201-225
「現実主義者」 …………226
現代の文化
　映画 ……………185-199
　ゲーム ……………201-225
　小説 ……………173-184
　テレビ ……………198-199

INDEX　索引

コーウェル　⋯⋯⋯191
黄竜　⋯⋯⋯65, 67
コカトリス（鶏竜）　⋯⋯⋯78
古代文明　⋯⋯⋯29, 32, 61, 89
ゴドウィンソン王、ハロルド　⋯⋯⋯129
コネリー、ショーン　⋯⋯⋯195
コモドドラゴン　⋯⋯⋯15
コーラン　⋯⋯⋯58
ゴルイニチ　⋯⋯⋯150, 151, 152
ゴルゴン　⋯⋯⋯169
コルテス、エルナン　⋯⋯⋯166, 167
ゴールド・ドラゴン（金竜）　⋯⋯⋯204, 213

【サ】

財宝　⋯⋯⋯24, 74
サタン　⋯⋯⋯51, 52, 54, 58, 221
『サラマンダー』　⋯⋯⋯196-197

寺院　⋯⋯⋯86, 87, 92, 102
『シヴァルリー＆ソーサリー』　⋯⋯⋯220
シェイクスピア、ウィリアム　⋯⋯⋯78, 129
シェーシャ王　⋯⋯⋯19, 91, 92, 94
シェリー、パーシー・ビッシュ　⋯⋯⋯26
四海竜王　⋯⋯⋯67
シグルズ　⋯⋯⋯120-123
『シャドウラン』　⋯⋯⋯222
ジャナメージャヤ王子　⋯⋯⋯96
「ジャバーウォックの歌」　⋯⋯⋯170, 173

ジャンヌ・ダルク　⋯⋯⋯59
『十二夜』　⋯⋯⋯78
シュメールのドラゴン　⋯⋯⋯19, 20, 29, 30, 32, 34
『ジュラシック・プレデター』　⋯⋯⋯199
『シュレック』　⋯⋯⋯188-189
生涯　⋯⋯⋯63
小説　⋯⋯⋯173-184
小説のなかのドラゴン　⋯⋯⋯173-184
シルヴァー・ドラゴン（銀竜）　⋯⋯⋯211, 214
シレナのドラゴン　⋯⋯⋯150
『シンバッド七回目の航海』　⋯⋯⋯191
シンボル　⋯⋯⋯11, 21, 22, 24, 25, 65, 141, 145, 163
神竜　⋯⋯⋯66, 67, 68
人類　⋯⋯⋯19-22

ズー　⋯⋯⋯20, 32, 33, 34
水竜　⋯⋯⋯68, 106, 112, 136
スウェーデン・ショート - スナウト種　⋯⋯⋯183, 184
『スカイリム』　⋯⋯⋯225
スカンディナヴィアの神話　⋯⋯⋯117
スキャマンダー、ニュート　⋯⋯⋯184
『スター・ウォーズ』　⋯⋯⋯194
ストーカー、ブラム　⋯⋯⋯158
『ストームブリンガー』　⋯⋯⋯218
スマウグ　⋯⋯⋯9, 24, 125, 174, 175, 176
ズメエヴィチ、トゥガーリン　⋯⋯⋯153

229

スラヴのドラゴン …………150

聖書のドラゴン …………19, 51
西洋文化 …………159-169
ゼウス …………38, 45
世界樹 …………128
善のドラゴン …………209-214

【タ】

大規模多人数同時参加型オンラインRPG
　（MMORRPG）…………225
タイの神話 …………109
ダオメー …………167
タクシャカ …………94, 96
珠 …………24, 67, 71-77
タラスク …………146
ダンケルザーン …………222, 223
『ダンジョンズ＆ドラゴンズ』（D&D）
　…………9, 182, 201, 203, 215, 220

チェスタトン、G・K …………8, 9, 17
チャイニーズ・ファイアボール種／中国火の
　玉種 …………184
中国の竜
　　種類 …………66-68
　　生涯 …………63
　　シンボルとしての …………24
　　姿 …………62
　　歴史 …………65
中東の神話 …………30-34

チュロヴェク、ネマル …………151
鳥類 …………16
地竜 …………68

角竜 …………63, 67

ティアマト …………19, 30, 31, 32, 52, 215,
　216
ディクソン、ゴードン・R …………179
テラ・インコグニタ …………160
テレビ …………223, 224
テレビ・ゲーム …………201-225
デンウェン …………37
天狗 …………84, 85, 86
「天命の書板」 …………33, 34
天竜 …………65, 66

ド・ゴゾン、デュードネ …………148
トゥガーリン …………153, 154
東南アジアの神話 …………108-114
トカゲ …………15
『ドラキュラ』 …………158
ドラコン（ドラコ）…………38, 39, 45
ドラゴン
　悪の …………107, 180, 202, 206-209
　息 …………205
　イングランドの …………129-145
　インドの …………19, 89-114
　映画のなかの …………185-199
　オーラ …………204
　感覚 …………204

INDEX 索引

起源 ……12-17
ゲームのなかの ……201-225
言語力 ……205
古代の ……29-60
種類 ……184
生涯 ……63
小説のなかの ……173-184
シンボルとしての ……12, 22
西洋文化の ……159-170
善の ……84, 180, 198, 202, 209-214
創世主としての ……19-20
力 ……18-23
特徴 ……12-13
特別な ……215-217
年齢 ……204
東アジアの ……61-87
フランスの ……145-149
魔法 ……8-9, 206
南アジアの ……89-114
メキシコの ……160-161
ヨーロッパの ……115-158
ロシアの ……150-154
『ドラゴン　竜と騎士の伝説』 ……
198
「ドラゴン・ウォーズ」シリーズ ……
179
「ドラゴン殺し」 ……149
『ドラゴンスレイヤー』 ……193
『ドラゴンになった青年』 ……179
「ドラゴンの詩」 ……10
『ドラゴンハート』 ……195

「ドラゴンランス戦記」シリーズ ……6,
180-181, 182
『ドラゴンレイド』 ……221
「ドラゴン船」 ……139
トール ……117-119
トールキン、J・R・R ……9, 24, 48,
123, 125, 127, 174, 176
『トンネルズ&トロールズ』 ……224

【ナ】

ナーガ
インドネシアの ……19-20, 112
観光名所の ……114
原初のナーガ ……89-90, 94-104
コブラと ……105
種類 ……92, 93
空のナーガ ……92
地のナーガ ……92
チニ湖の ……113
天のナーガ ……92
破滅 ……97-98
伏蔵のナーガ ……92
仏教神話の ……104-108
マラヤの ……112
南アジアの ……9, 20, 22, 89,
108-114
有名なナーガ ……94-104
「ナーガの火の玉」 ……109
ナッカーホール ……136
ナッカー殺し ……137

231

虹の蛇　……………167, 168
ニーチェ、フリードリヒ　…………217
ニドホグ　…………128
『ニヌルタと亀』　…………34
『ニーベルングの指輪』　…………123
日本の竜　…………79-87

ネヘブカウ　…………37
『眠れる森の美女』　…………185, 186

ノルウェー・リッジバック種　…………184

【ハ】

『パスファインダー』　…………224
聖パトリック　…………60
羽根の生えたドラゴン　…………162, 163,
　164
羽根の生えた蛇　…………9, 19, 20
バハムート　…………216, 217
バビロニアのドラゴン　…………19, 29-30
パヤ・ナーガ　…………109, 110
パラヴァタクシャ　…………103, 104
「ハリー・ポッター」シリーズ　…………
　181, 182
『ハリー・ポッターと炎のゴブレット』
　…………183
ハンガリー・ホーンテール種　…………
　183, 184
半神半人　…………89, 112

「パーンの竜騎士」シリーズ　…………9,
　178-179
蟠竜　…………67

ピアサ　…………160, 161, 162
東アジアのドラゴン　…………61-87
『ヒックとドラゴン』　…………189, 191
ヒックマン、トレーシー　…………6, 180,
　181, 182
『ピートとドラゴン』　…………193
ヒュドラ　…………21, 40, 41, 42, 44
「肥沃な三日月地帯」のドラゴン　…………
　30-34
ビルボ　…………24, 125, 175

ファフニール　…………24, 120, 121, 123
フォン・プリン、ルートヴィヒ　…………23
伏蔵竜　…………24, 67
『武士道』　…………222
仏教神話　…………104, 105
仏陀　…………104, 105, 106, 107
不滅の勢力　…………18
『フライト・オブ・ドラゴン』　…………187
ブラス・ドラゴン（真鍮竜）　…………211
ブラタント・ビースト　…………220
ブラック・ドラゴン（黒竜）　…………207
「プラティナム・ドラゴン（白金竜）」
　…………216-217
ブラフマー　…………90, 91, 94
フランスのドラゴン　…………145-148
ブルー・ドラゴン（青竜）　…………207

INDEX　　　　　　　　　　　　　　　　　　　　　　　　　　　索引

フローズガール王　………123
フロスト・ドラゴン（霜竜）　………209
ブロンズ・ドラゴン（青銅竜）　………212
文化に伝わる神話　………34, 61, 168

ベーオウルフ　………24, 123, 125, 126, 127, 128, 176
蛇　………14, 15, 60, 61, 93, 105, 106, 109
蛇崇拝　………90, 93, 167
蛇の悪魔　………89
蛇の神　………89
ペプラー、H・D・C　………10
ヘブライ神話　………51
ヘブリデス・ブラック種　………184
ヘラ　………38, 39, 40
ヘラクレス　………21, 40, 41, 42, 44, 48
ペルー・バイパーツース種　………184
ペンドラゴン、ウーゼル　………129, 218
『ペンドラゴン』　………218
『棒大なる針小』　………17
北欧神話　………117-128

ポッター、ハリー　………181-184
骨を砕かれたクラゲ　………80
『ホビットの冒険』　………9, 24, 125, 174, 176
ポポーヴィチ、アリョーシャ　………153
ポルトガル・ロング‐スナウト種　………184

ホワイト・ドラゴン（白竜）　………209

【マ】

マーガレット王女　………141, 142, 144
マキャフリー、アン　………9, 178
『幻の動物とその生息地』　………184
聖マルガリタ　………58, 60
マルケット、ジャック　………160
聖マルタ　………146
マルドゥーク　………30, 31, 32, 34
満濃池　………85

ミズガルズの蛇　………117
南アジアのドラゴン　………89-114

ムチャリンダ　………106

『冥界の書』　………25
メキシコのドラゴン　………159-167
メソアメリカの神話　………9, 19, 22, 159, 163, 165, 167
メデイア　………49, 50, 51
メドゥーサ　………169
『メルニボネの竜王たち』　………218

黙示録　………52, 54

【ヤ】

八岐大蛇　………21, 61, 82, 83

233

『指輪物語』 ……………123, 125

『妖蛆の秘密』 ……………23
妖術 ……………23, 103, 104, 143, 151, 165, 187
ヨルムンガンド ……………117, 118, 119
ヨーロッパ神話 ……………115-158

【ラ】

ラヴクラフト、H・P ……………23
ラオスの神話 ……………108-109
ラッセル、バートランド ……………20
ラドン ……………42, 44, 45
ラムトン、ジョン ……………132, 133, 134, 135
ラムトンのワーム ……………132

『リア王』 ……………129
「リッキ・ティッキ・タヴィ」 ……………108
竜海寺 ……………86, 87
竜神 ……………20, 79, 80, 81, 162
リンデスファーン修道院 ……………139

ル=グウィン、アーシュラ・K ……………77, 176, 177
ルイス、C・S ……………24
ルーマニア・ロングホーン種 ……………184
『ルーンクエスト』 ……………224

『レイダース　失われたアーク《聖櫃》』 ……………194
レギン ……………120, 121, 122
レッド・ドラゴン（赤竜） ……………208
レノン、ジョン ……………35

ロシアのドラゴン ……………99, 150, 151, 158
ロードス騎士団 ……………148, 149
ロードス島のドラゴン ……………148
ローリング、J・K ……………182, 183, 184, 186
ロールプレイング・ゲーム（RPG） ……………9, 201-203

【ワ】

『World of Warcraft』（WoW） ……………201, 225
ワイヴァーン、モーディフォードの ……………130
ワイス、マーガレット ……………7, 180, 181, 182
ワインド、チャイルド ……………141, 143, 144, 145
ワーグナー、リヒャルト ……………123
ワーム ……………132, 133, 223
『ワーム・トーク』 ……………223

【著者】ダグラス・ナイルズ（Douglas Niles）
　　1954年、アメリカ生まれ。作家。ウィスコンシン大学マディソン校出身。50作を超える小説をはじめ、ノンフィクションの書籍や記事などを幅広く執筆。冒険ファンタジーの作者としてよく知られるが、軍事史やSFの分野でも多数の著書がある。邦訳に「ムーンシェイ・サーガ」シリーズなど。

【訳者】高尾菜つこ（たかお・なつこ）
　　1973年生まれ。翻訳家。南山大学外国語学部英米科卒業。主な訳書にブレンダ・ラルフ・ルイス『図説イギリス王朝史』『ローマ教皇史』、テリー・ジョーンズ『中世英国人の仕事と生活』、マイケル・ケリガン『図説ケルト神話伝説物語』など多数。

DRAGONS
The Myths, Legends, and Lore

Copyright © 2013 by Simon & Schuster, Inc.
All rights reserved, including the right to reproduce this book
or portions thereof in any form whatsoever.
Published by arrangement with HARA-Shobo
through Japan UNI Agency, Inc., Tokyo

ドラゴンの教科書
神話と伝説と物語

2019年8月30日　第1刷

著者…………ダグラス・ナイルズ

訳者…………高尾菜つこ

装幀…………岡孝治

発行者…………成瀬雅人
発行所…………株式会社原書房

〒160-0022 東京都新宿区新宿 1-25-13
電話・代表 03（3354）0685
http://www.harashobo.co.jp
振替 00150-6-151594

印刷…………シナノ印刷株式会社
製本…………東京美術紙工協業組合

©Takao Natsuko, 2019
ISBN978-4-562-05677-4, Printed in Japan